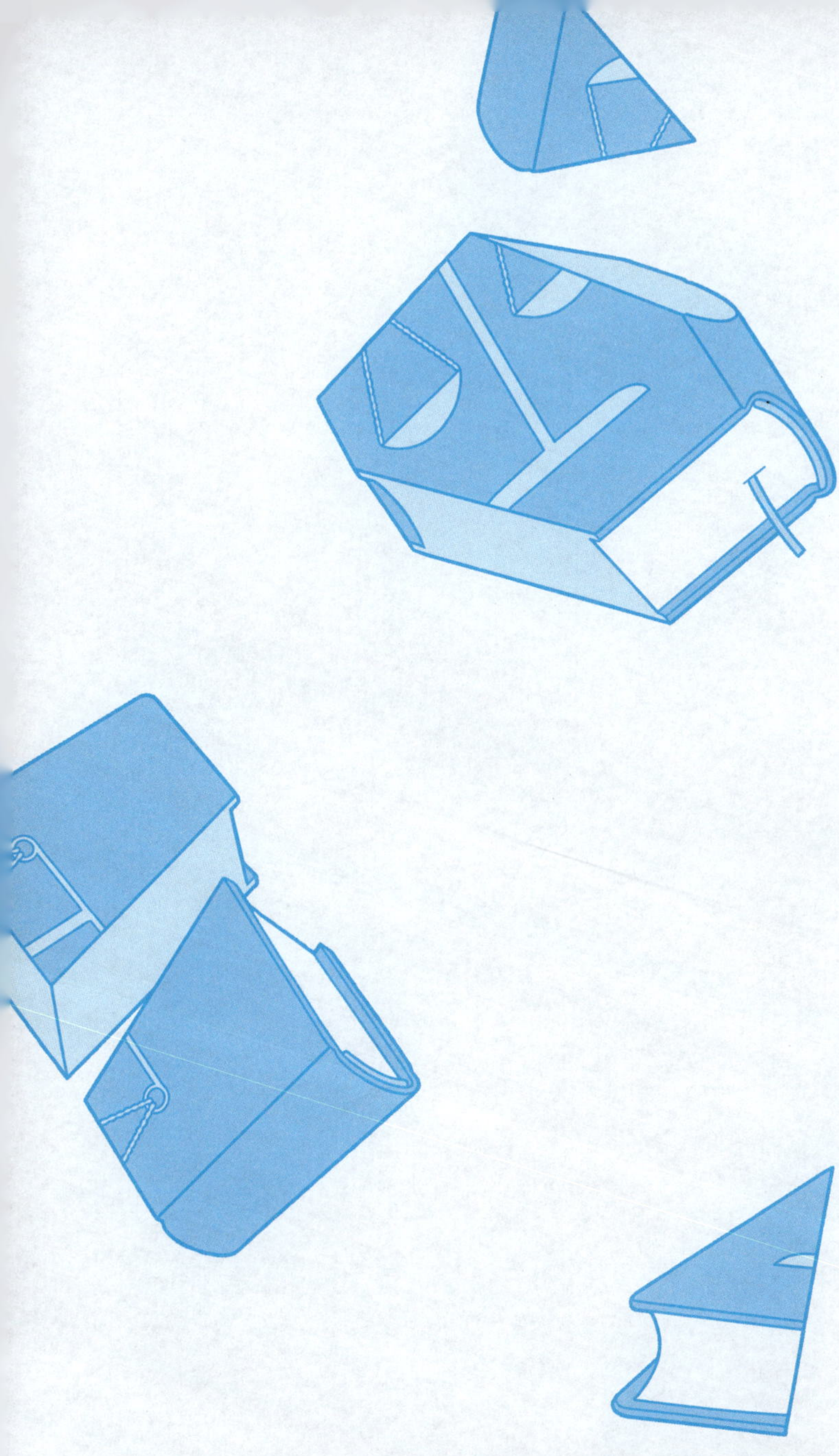

# まず良識をみじん切りにします

First, mince your common sense fin

浅倉秋成

ASAKURA Akinari

光文社

## この本の美味しい召し上がり方

**Read me First**

---

**1**　**まず良識をみじん切りにします。**

火は強火。お好みで憤怒の量を調整しながら、フライパンが温まるのを待ちます。
敢えて油は引かず、最も憎いと思われる豚と一緒にソテーにしてください。

---

**2**　**焦燥と恐怖に耐えられなくなるまで、強火で炒めます。**

10分ほど経つと良識が焦げ、鼻を摘まみたくなるような刺激臭が
漂い始めますが、しばらく辛抱しましょう。
絶えず自問自答を続け、ご自身で最適な焼き加減を見つけてください。

---

**3**　**芯が見えるまで、不快感の皮を剝き続けます。**

付け合わせの調理も同時に進めましょう。ピーラーでも構いませんが、
大ぶりの包丁などの使用をおすすめします。
地味な作業ですが、料理人の腕が最も試される工程です。

---

**4**　**裏切りを100ccほど入れてフランベさせます。**

大きな炎に驚かず、冷静にフライパンの中だけを見つめましょう。
料理は取り返しがつかないほど黒焦げになっていると思われますが、
失敗ではありません。すべては必然です。

---

**5**　**お好みの名前を添えて、お召し上がりください。**

できあがった料理に、あなたは戸惑いを覚えているかもしれません。
しかし肝心なのは名前を決めることです。
名前さえうまく決まれば、味は重要ではありません。迷われるようでしたら
多くの人に倣い、「人生」と名づけてみることをおすすめします。

---

装幀　坂野公一（welle design）
装画　タケウマ

*

# 目次

Table of Contents


1 そうだ、デスゲームを作ろう 007

Oh yeah! I'll make the death game.

2 行列のできるクロワッサン 067

The croissant shop with the long line

3 花嫁がもどらない 115

The bride hasn't come out yet.

4 ファーストが裏切った 151

The first baseman turned traitor.

5 完全なる命名 199

Complete naming


*

*

# 1 そうだ、デスゲームを作ろう

Oh yeah! I'll make the death game.

*

悪くない。

花籠《はなかご》は不動産屋の営業を伴い、すでに何周したのかもわからない室内をひたすらゆっくりと歩き続けていた。先ほど見た資料によれば住所は長野県の武石小沢根《たけしおざわね》とのことだったが、土地勘のない花籠に正確な位置はわからなかった。道玄坂《どうげんざか》の不動産屋から三時間ほど高速を走り、軽自動車でしか通れぬような細い山道を右に左に旋回するようにして上り続けた。我々はすでに遭難しているのではないか。運転手を務めていた営業がサイドブレーキを引いて不安げに地図を広げる度に、花籠は静かな死の気配を感じた。辿《たど》り着けないのはまだいいとして、戻れなくなったは笑えない。今日は諦めます。いよいよ口にすべきかと腹を括《くく》ったところで、一面緑の鬱蒼《うっそう》とした山中にぽつん、目的のコテージは現れた。

一目見た瞬間、花籠は唸《うな》った。

悪くない。

道のりが険しかったが故に査定の目が甘くなっている可能性は否めなかった。しかし色眼鏡を外してみても、花籠はしっかりと頷《うなず》くことができた。本当に悪くない。

築二十三年が経過しているだけあって内外装ともに大いに古びていたが、堅牢であった。木造ながら音は響かない。いかにも別荘らしい（あるいはログハウスらしい）丸みと温かみがないのもいい。窓も少ない。間取りとしては2LDK。営業はキッチンの広さを殊更《ことさら》に強調したが、花籠は一切の興味を示さなかった。何よりも素晴らしいのは、六畳の洋室、八畳のリビング、そして六畳の洋室の三部屋が、見事なまでに一直線に結ばれていることであった。

花籠は洋室からバルコニーへと出ると、生い茂る緑に向けて目を細めた。

「近くに家は、ないんですよね」

半径五百メートル以内には犬小屋一つ存在しないと太鼓判を押され、更に十分ほど室内を歩き回った末に、契約書にサインをした。営業も手ぶらで帰るわけにはいかないと身構えていたのだろう。花籠が複数の書類にサインと押印をしている最中、プレッシャーから解放された笑みを浮かべ、実にいい買い物をしました、こんな物件は他にないですと花籠のことを称賛した。

「今は少々散らかっていますけど、整備すればそこの庭でバーベキューなんかも楽しめますよ」

まるで食指の動かない提案であったが、花籠も自然な笑みを返せた。愛想笑いをしたのではない。理想的な物件が手に入ったことに興奮していた。ここでバーベキューをする予定も、長期休暇用の別荘として使用するつもりもなかった。

花籠はここで、デスゲームを開くつもりであった。

花籠は、主に米や小麦粉等の卸を行う会社で、営業職に従事していた。

担当していたのは大手食品メーカーの製菓部門で、花籠が納めた原料から大量のクッキーやビスケットが製造されていた。仕事自体はシンプルであった。求められた分量の小麦粉、シーズニング、米粉等々をメーカーが希望しているだけ納品する。ただ、それだけ。

傍《はた》から見れば工場のオーダーを右から左へと流すだけの簡単な仕事に映ったかもしれない。しかし業務に工夫の余地が少ない分、花籠は単純ながら簡単には応えられない要求に直面し続けた。納期を短縮して欲しい。価格を下げて欲しい。相談したいことがあるから今すぐ工場に来て欲しい。できるわけがないと即答したいような無茶な要求も数多くあったが、無下にすれば取引中止が待っていた。製菓部門における花籠の売り上げは年間およそ十五億円。多少の無茶を要求されようとも、簡単に取引を打ち切れる相手ではなかった。お菓子を作るための原料を売っています。文字にすれば実に可愛《かわい》らしい業務であったが、花籠の仕事はその実、徹底した取引先へのご機嫌伺いと、御用聞きに終始することになる。定期的な挨拶を欠かさない。何かあれば菓子折を持っていく。雑談相手になり、接待の場を設ける。

苦手ではあったが、配属されて六年、花籠はどうにか勘どころを押さえて無難に仕事を回していた――はずだった。

「花籠さんって、何か人を苛《いら》つかせる『それ』を持ってますよね。言われません?」

言われますとも、言われないですとも答えられるはずがなく、花籠はうつむき加減でやり過ごすことになる。すみませんと言って爽《さわ》やかな笑みでも見せられれば話も変わってくるのだが、そこまでの器用さは持ち合わせていなかった。胸の中で渦巻く強烈な不快感をうまく飼い慣らすことができず、目元に静かに皺《しわ》が寄っていく。結果的に、意図せず相手を挑発するような眼差《まなざ》しだけが残る。

「いや、まさしく『それ』なんですよ。その顔」

名は、佐久保亨《さくぼとおる》。一年前より製菓部門の発注担当になった男で、花籠が最も頻繁にコンタクトをとらなければならない人物であった。誠実そうな見た目をしていた。所帯を持っており、子供もいる。初対面の時点では漠然と優しくて真面目そうな人だと予感した。気のせいだった。

いじり、と呼べそうな発言が、徐々にイヤミへ、更には暴言としか受けとれない言葉が増えていく。会う回数を重ねるに連れ、佐久保の前歯が妙に黄ばんでいることばかりが目につくようになる。年下だろうと思っていたのだが、ひょんなことから生年の話になった際、佐久保は花籠よりも四つ年上であることがわかった。

「え、花籠さん四十二？　だいぶ老けてますね」

このやりとりを境に、佐久保は敬語を使わなくなっていった。

認めたくない事実であったが、花籠はどちらかと言えばいじめられやすい種類の人間であった。それが彼の太めの体型に起因しているのか、目つきの鋭さにあるのか、理屈っぽい早口な喋《しゃべ》り方にあるのかは判然としない。いずれにしても目をつけられやすかった。からかわれ、馬鹿にされ、笑いものにされる。

いや、だから発注書は出してないって言ってるでしょ。そっちが勝手にモノを送ってきたんですよ。あのね、仮に誤発注だとしてもそっちで選別してよ。こっちのミスをリカバーすんのもそっちの仕事でしょうが。「間違えてませんか」の連絡もできないわけ？　何だかね、全部の動きが遅いんだ、花籠さんは。見てて不快。あんまりこんなこと言っちゃあれですけど、清潔感もないですよね。え、今日、呼びましたっけ？　いや、ひと月前に約束したって言われても……直前に電話一本くらい入れてから来てよ。こっちはおたくと違って仕事がパンパンに入ってるわけ。はあ？　だったら最初っからそう説明してよ。おたくの説明が悪いからうちの現場がてんやわんやなんだろうが。俺を理解させられてないなら、それは説明していないのとおんなじなの。え？　ちょっと待ってよ、一時間後に会う約束してるのに、わざわざ「今から行きます」の電話してきたの？　一体どういう思考回路してるわけ？　ほんと相変わらず御社は高いよね。努力の影がまったく見えない。融通も利かないし、なんだろうなぁ、これって花籠さんが使えないだけなのかな？　それとも御社の全体的な体質？　みんな花籠さんみたいに使えない人ばかりなの？　こうなったらあれかぁ、業者変えるしかないかぁ。

納期も、価格も、すでに限界に近いところまで努力をしていた。これ以上の譲歩は不可能であり、競合他社を見回しても花籠が提示している以上の条件で引き受けてくれる企業などあるはずがなかった。

佐久保からの嫌がらせを受けている最中、花籠はもちろん憤っていた。一矢報いたいと考える程度のプライドもあった。いじめられた経験はあったが、いずれも子供の頃の話だ。成人してからはない。自身の上司、あるいは取引先の上司に告げ口してしまおうか。考えたが実行しなかったのは、幸か不幸か、花籠が「辛抱」を得意としていたからだ。

面倒を起こすくらいなら、静かに耐え続ければいい。終わりのない闇はすなわち絶望であったが、明ける夜ならば日の出を待てばいいだけの話。花籠は冷静にカレンダーだけを見ていた。先方の人事システムはわからないが、少なくとも花籠の会社で十年間同じ部署に留《とど》まった人間は一人としていない。十年で確実な人事異動が行われる。佐久保からの嫌がらせを受け始めて早一年が経過しようとしていたが、残り三年働けば、花籠は別の部署へと異動できるはずであった。佐久保がどれだけ憎い人間であったとしても、顔を合わせるのは最大で残り三年。たった三年の「辛抱」でいいのだ。

あと三年。あと二年。あと一年。

あと――二カ月。

年を経るごとに佐久保の嫌がらせはヒートアップしたが、花籠はまもなくゴールテープを切ることができる。この頃になると、佐久保は毎日のように業者変更をちらつかせるようになっていた。

弊社も引き続き最善を尽くしたいと思いますので、どうかこれからも何卒《なにとぞ》。花籠が頭を下げる度に、佐久保はすでに一年以上前のこととなった配送ミスを持ち出した。そしていよいよ堪忍袋の緒が切れるかもしれないと舌打ちをし、花籠に更なる謝罪を要求した。

「次、配送ミスがあったら、本当に終わりだから」

「わかっています」

「わかってなさそうだから言ってんだろうが――」

よ、と凄《すご》みながら、佐久保は手元にあった湯飲みを摑《つか》んで、中身を花籠にかけようとした。驚いた花籠は咄嗟《とっさ》に身をよじり、椅子から滑り落ちて応接室の床に尻餅をついた。受け身に失敗し、体重を支えようとした左手の小指を折り曲げてしまう。激痛の中、佐久保の下品な笑い声をたっぷりと耳にしているうちに、ようやく湯飲みの中が空であることに気づいた。

「本当にかけるわけないでしょうよ。いや、ほんとトロい。……何、その目？」

辞令が下るであろう三月の末まで、残り二カ月、残り二カ月、残り二カ月。頭の中で執拗《しつよう》に何度も復唱し、花籠はどうにか立ち上がった。

精神的には過酷《かこく》な状況が続いていたが、花籠の職場はホワイトに分類される勤務体系を維持していた。よっぽどのトラブルが発生しない限り、定時で退社できる。

午後六時半には自宅の最寄り駅に到着。夕食用にコンビニで適当なサンドウィッチを二パックほど購入し、午後七時にはリビングのソファに座っている。元から小食であったわけではない。二年前に胃と肝臓を患い、医者に節制を命じられた。酒は言語道断。野菜中心で、腹八分目を心がけてください。最初はそんな味気ない生活ができるわけないと思っていたが、意図して小食を心がけているうちに、胃袋が食物を拒絶するようになった。かつてはあれほどまでに魅惑的であった背脂たっぷりのラーメンが、今では喉を通らない。ただどういうわけか、体重だけが減っていかない。

酒飲みではなかったが、学生時代からの友人との飲み会は、花籠にとって数少ない娯楽の一つであった。しかし酌み交わす仲間が三十前半あたりで次々に結婚を決め、妻帯者を積極的に誘うのはいかがなものかと躊躇《ためら》っているうちに、漏れなく全員と疎遠になった。かれこれ十年近く会っていない。酒の飲み方もすっかり忘れた。

サンドウィッチを食べ終えると、花籠がやるべきことはほとんどなくなる。BGM代わりにテレビをつけ、ひたすらソファに沈み込んで興味のない番組をぼんやりと眺める。テレビよりは多少面白いのでは――そんな考えからタブレットでYouTubeを観ていた時期もあったが、次第に観るものを能動的に「選ぶ」ことに疲れた。何を観てもさほど面白いと感じないのだから、せめて選ぶ手間を減らしたい。

十一時頃になるとシャワーを浴びる。髪を洗っている最中、佐久保との一件で痛めた左手の小指がやはり尋常ではない痛み方をすることに気づいた。幸いにして明日は土曜日。午前中のうちに病院に行っておこうかと考えたところで、花籠は果たして予定のある土曜日というのがいつ以来なのか思い出せないことに気づく。

「折れてますね」

小指をギプスで固定してもらうと、久しぶりに訪れた休日の歓楽街を意味もなく歩いてみる。どこか行くべきところはあるだろうか。手に入れたいものはあっただろうか。しばし考えてみるが、結局花籠が入店したいと思える店は、この街のどこにもなかった。

花籠が最も苦手としていた質問が「お休みの日は何をしているんですか」であった。

何もしていない。何をしようとも思わない。するべきことがない。

結婚して家庭を持ってみてはどうですか。提案されると花籠はもっともらしい言い訳を並べて独身の気楽さを説いたが、本音を言えば、愛する誰かとつがいになりたかった。愛おしい妻と子供。温かな家庭。持てるものなら持ってみたい。意を決し、婚活パーティなるものに参加したのは三年前。世間で言われるような高望みばかりしている売れ残りの年増女がわらわらと群をなしているということはなく、同年配の魅力的な女性が複数人見つかった。会場のスタッフの協力を得て連絡先を交換することはできたが、そこから先の進展は何もなかった。

どうしてだろうと首を捻《ひね》るほど愚鈍ではない。見た目は冴えない上に口下手。情熱を注いで打ち込んでいるものも、将来のビジョンらしいものもない。これで年収が二千万円を超える――とでもなれば善戦も望めたが、花籠の年収は五百万円を僅《わず》かに超える程度のものであった。誰がこんな男と一緒になりたいものか。

花籠が孤独と性欲を吐き出す場所は、三十代半ばからもっぱら性風俗店であった。ある意味では花籠が唯一、熱中できたものであった。呆《あき》れるほど念入りに下調べを行い、体調を整えて店へと向かう。楽しんだその日の帰り道からすでに次に行くべき店の選定を始めている。これはいい。これは楽しい。一時は特定のパートナーを持っている男性を笑い、なぜこちらの世界に来ないのかと笑ってさえみせたが、そんな生活も二年ほど前に終止符が打たれた。金銭的な問題が生じたわけでも、面倒な性病にかかってしまったわけでもない。運動不足に不摂生、日常的なアダルトビデオ鑑賞の上に、残酷としか言いようのない、加齢。いつからか性器がうまく屹立《きつりつ》しなくなった。

花籠は折れた小指をさすりながら家路に就いた。まだ、午後一時。そこからはいつもの休日と同じように、Netflixを観続けた(テレビでは休日を潰しきれない)。結果的に映画は毎週六~七本観ていたが、もちろん映画が好きなわけではなかった。監督の名前はもちろん、鑑賞した数日後には映画のタイトルさえ忘れている。二十分ほど鑑賞したところで、すでに観たことのある映画だと気づくことも多い。その場合でも鑑賞は止《や》めない。次なる映画を選ぶくらいなら、多少退屈であろうともこのまま流れに身を任せる道を選ぶ。映画はいつでも、確実に花籠の二時間に一定の意味を与えてくれた。そうして複数の映画を消費しているうちに、日曜日の夜が更けている。また月曜日がやってくる。

花籠にとって目下の希望は、たった一つ。三月末に発表される辞令だけであった。

配属を望む部署はこれといってない。ただどこに異動になろうとも（仮に聞いたこともないような辺境の国の支社に飛ばされようとも）今より悪くなることはないはずであった。二カ月で世界が変わる。だから今は、しばしの「辛抱」。

「業者変更の話、動き出してるから」

口にされた瞬間、嫌悪感や怒りよりも先にどっと冷や汗が吹き出した。例によって根も葉もない嘘でこちらを動揺させようとしているのかと思ったが、どうやらそうではない。佐久保は競合他社の名刺をちらつかせ、

「とりあえず、いま納めてもらってるやつの見積り、もっかい全部出し直して」

万が一、すべての原料に業者変更が入った場合には、当たり前だが十五億円の売り上げが吹き飛ぶことになる。それだけで倒産に追い込まれるほど花籠の勤め先は貧弱ではなかったが、かといって「残念だったね」で済む話ではない。背筋が凍る。考え直してはいただけませんか。これまで御社と取引を続けてきた実績が弊社には——幾度となく繰り返してきた説明を再度口にしてみるが、

「いいから、早く見積り持ってこいって。また指に包帯巻きたいのかよ」

頭を抱えたまま社に戻りながらも、花籠は最終的には事態が穏便に収束することを疑っていなかった。無論これまでも多少のトラブルはあった。しかし他社が多少腕まくりをしたところで、簡単に出し抜けるような価格は提示していない。納品の際のノウハウを数十年という月日をかけて構築してきた実績もある。虐げられながら、罵られながら、それでも花籠自身の対応にも業務上の問題

はなかったはずだ。

そして何よりも花籠の心を安定させていたのは、三月末に下されるであろう辞令の存在であった。どうせ四月で異動になる。無責任と言われればそれまでだが、仮に今回失注の危機に晒《さら》されている原因が、花籠と佐久保の相性の悪さに起因しているのだとすれば、異動によって自《おの》ずと問題も解消されるはずであった。誰もが幸せになれる。最悪の状態で仕事を引き継ぐ新担当者には心から申し訳ないと思うが、それこそ四年も「辛抱」してきた花籠に言わせれば、そのくらい我慢してくれよ、であった。

だから三月末に交付された辞令の中に自身の名前を見つけられなかったとき、花籠は息が止まった。

「このタイミングでは引き継げないという判断に至った。あそこはお前以外に適任がいない。もう数年踏ん張ってくれ」

数年。

あろうことか、数年。

部長の言葉を聞いたそのままの足でトイレに駆け込み、花籠自身驚くほどスムーズに嘔吐《おうと》した。あと数日で終わると思えたからこそどうにか生きていられたのだ。ここから数年はもちろん、一年、否、一週間の「辛抱」だってできない。闇の帳《とばり》が、花籠の人生をすっぽりと覆い尽くす。佐久保の顔が頭を過《よぎ》る。再び吐瀉物《としゃぶつ》がこぼれ落ちる。

すでに限界と思われていた額から、薄皮一枚分だけ値引くような見積り書を、佐久保へと提出し

た。失注するはずはない。確信を抱いていた花籠が耳にした返答は、

「とりあえず、焼き菓子系の薄力粉だけ『昭《しょう》フ』さんに切り替わることになったから」

刹那《せつな》、耳鳴りが始まった。昭フというのは、昭和フラワーの略で、言うまでもなく花籠たちにとってのライバル企業であった。佐久保は焼き菓子系の薄力粉だけと口にしたが、それだって年間三億円にのぼる取引がある。

失注した。

困る、あるいは、どうしよう、といった感想よりも先に、おかしいが頭を占拠した。昭和フラワーがそんなにも安い価格を出せるはずがない。

「昭フさん……そんなにいいお値段を出したんですか？」

「だからさ、こういうのは価格だけじゃないんだよ」

言葉を失った花籠の目は無意識のうちに、ゆっくりと細く、鋭く、尖《とが》っていく。

「でたよ、その顔。ほんと殴りたくさせるよね」

これから昭フさん来るから、早く帰って。追い出されるようにして応接室を出て、営業車を止めてある駐車場へと向かう。すると先ほどまではなかったシルバーのトヨタプロボックスの中から、一人の若い女性が降りてきた。車の側面には「昭和フラワー（株）」の文字がプリントされている。おそらく花籠が何者なのかも理解できていないであろう彼女は小さく会釈をし、そのまま工場の受付へと消えていった。誰もが振り返ってしまう美人――というわけではなかった。しかし彼女の姿を見た瞬間に、花籠は脳が沸騰し始めていることに気づいた。邪推なのかもしれない。頭の片隅で

冷静に物事を見極めようと腐心してみるが、今はあらゆる状況を優しい目で見つめられる余裕がなかった。

多少値が上がろうとも、業務上の利益をふいにしてでも、若い女と仕事がしたかったのか。自身の上長を説得してまで、この俺に嫌がらせがしたかったのか。

花籠は駐車場の中央で立ちすくみ、拳を握りしめた。

さあ、これからどうなる。これから俺はどうする。社に戻り、三億円の売り上げが泡と消えたことを報告しなければならない。こら、の一言で済むわけがない。どうして失注したんだと尋ねられたとしたら、果たしてどう答えればいいのか花籠にもわからない。そして、まだまだ佐久保との仕事は終わらないことになった。次はいつまで、何を、どのようにして「辛抱」すればいい。どうしたら明るい光が訪れる。佐久保の声が頭の中で蘇《よみがえ》る。

「ほんと殴りたくさせるよね」

沸騰した血液が全身を満たしたとき、花籠は半ば衝動的に一つの答えに辿り着いた。

殺してしまおう。

失うものなど何もない。日々の喜びなど一欠片《ひとかけら》として存在していない。この先のことなんてどうなったって構わない。今すぐに殺す。人のことを虚仮《こけ》にし続けてきた代償を払わせる。殺して、終わりにする。

花籠は営業車のラゲッジスペースを漁《あさ》り、凶器として使用できそうなものを血眼で探した。サンプルの小麦粉は使えない。カタログを束にしたところでどうにもならない。三角表示板は取り回しが悪い。あれもだめ、これもだめ。目に入るものを手当たり次第に掴んでは放り投げを繰り返しているうちに、強固であった殺意に一瞬の揺らぎが生まれた。花籠は叫ぶ代わりにラゲッジスペースの底面を力強く殴りつけ、歯を食いしばった。

社に戻ると怒号に近いような指示が飛び交った。すぐさま部長、役員――下手をすれば社長レベルの挨拶と謝罪が必要だという話になり、花籠は前代未聞の失注劇の主犯としての非難を一身に浴びた。

帰宅はいつもより僅かに遅れて午後八時。いつものようにソファの上でテレビを見つめながら、屈辱と憤りを胃袋の底に感じていた。上司に叱責を受けている最中は反射的に自分を責めてもみたが、しかし時間を空けて冷静になってみればやはり自身に何ら落ち度はなかったことが確信できる。そして沸き上がった怒りの溶岩は、一滴たりとも余すところなくすべてが殺意へと昇華していく。やはり許せない。どうしてくれよう。どのようにして殺してやろうか。

もはや花籠は、佐久保を殺すということしか考えられなくなっていた。やるかやらないかで頭を悩ませているのではない。どのように殺すのかということだけをぐるぐると考え続ける。刺殺で終わらせてはもったいない。絞殺は反撃の隙を与えてしまう可能性がある。溺死は苦しみが長く続くという点においては理想的であったが現実性がまるでない。

ならば、どうする。どうする。どうする。

眠ることも忘れて考え続けた花籠は、やがて不意に、それこそ無垢《むく》な少年のように閃《ひらめ》いてしまった。

そうだ、デスゲームをやろう。

そんな突拍子もない滑稽なアイデアが降って湧いたのは、翌日の土曜日。怒りに震えながらも、いつもだったらNetflixを観ている時間だなと考えた瞬間であった。これまで、映画はNetflixにサジェストされるままに、差し出されたものを吟味《ぎんみ》もせず鑑賞し続けていた。そんな中には、当然ながらいくつかデスゲーム、あるいはソリッドシチュエーションと呼ばれるジャンルの映画が交じっていた。

謎の白い空間で目覚めた主人公が、何者かに死のゲームに参加するよう命じられる。ここがどこなのかはもちろん、犯人の正体も、目的もわからない。しかし生き残るためには否応なくゲームに挑戦する必要があり、主人公は心に、ときにその肉体に傷を負いながら、ゲームクリアを目指して奔走する——のだが、往々にして主人公にハッピーエンドは訪れない。最終的にはゲームの餌食《えじき》になり、ゲームの主催者が大いに笑うこととなる。

これだ。

花籠は膝を打った。これこそが理想的な復讐《ふくしゅう》で、これ以外の方法はあり得ない。助けてください、許してください。あの佐久保がわあわあと喚《わめ》き、命乞いをし、血まみれになりながら少しずつ衰弱し、自らの罪深さを嫌というほど実感し、やがて死に至る。こんなにも胸の躍る光景はない。これが見たい。これ以外の臨終は見たくない。

とはいえ、実現できるのだろうか。常識的な考えも当然のように頭を過ったが、それ以上に興奮と高揚が勝った。花籠は自らの脳裏を過った壮大で馬鹿馬鹿しいプランに、しかし全力で命を燃やせる確かな手応えを感じていた。この計画を実行する。あの佐久保をデスゲームに誘い、圧倒的な支配者として彼の命を弄《もてあそ》ぶ。その瞬間の強烈な愉悦《ゆえつ》のためならどれだけの苦痛であっても、困難であっても、間違いなく——「辛抱」できる。

目標が定まれば時間が惜しい。まずはデスゲームの舞台となる場所が欲しかった。可能なら人里離れた別荘のような場所がいい。となると都内近郊で探すのは難しそうだ。別荘を探す際にはどのような不動産屋に声をかければいいのだろう。動き出した花籠は、まもなく武石小沢根のコテージへと辿り着く。

風俗通いを止めて以降、浪費はしていない。花籠自身、果たしていくらの貯金があるのか把握していなかったのだが、久しぶりにまじまじと見てみた預金通帳には六百五十万という数字が記されていた。これがデスゲーム運営資金として十分なのかどうかは、花籠にはわからない。きっと誰にもわからない。デスゲームを開始する際のマニュアルのようなものは、おそらくこの世界のどこにも存在していない。

結局、武石小沢根のコテージは二百二十万円で購入できた。間取りを考えれば格安であったが、築年数と立地の悪さが考慮されての値付けであった。すでに三年以上買い手がついていなかったこともあり、不動産屋もノータイムで五十万円を値引いてくれた。

残金四百三十万円。

続いて必要となったのは、武石小沢根まで移動するための足であった。自動車が欲しい。おそらくは大量の資材を運搬することになると考えれば、輸送機能が充実したトラックが理想的であった。初めは普通自動車免許で運転できる小型トラックの購入も検討したが、山道の狭さを考慮して軽トラックを入手することに決める。下を見れば際限なく安い中古車が転がっていたが、長距離を高頻度で往復することを考え、程度のよさそうな六年落ち七十万円のダイハツハイゼットトラックを買った。二週間の整備期間を経て、無事に花籠の自宅近くの駐車場に納車された。

給油してすぐ、まずは清掃道具一式だけを持って武石小沢根まで向かった。例によって道に迷いそうになりながらもどうにか山道を走りきり、今や自身の所有物となったコテージへの扉を開ける。ここが死のゲームの舞台になるのだ。言い得ぬ感興に改めて生唾を飲みながら、花籠は間取りの再確認を行った。ありとあらゆる箇所を手持ちのメジャーで計測し、不動産屋からもらった間取り図に細大漏らさず数値を書き記していく。

まだゲームの全体像は見えていなかった。しかし六畳の洋室Aを第一ステージ、隣接している八畳のリビングを第二ステージ、その隣にある六畳の洋室Bを第三ステージにしてみようかという絵は浮かんでいた。一つの課題をクリアすると扉が開き、次のステージへと進むことができる。（果たしてそんなチャンスを佐久保に与えてやるのかどうかは別として）最終第三ステージをクリアすれば、そのまま玄関を抜けて外へと出ることができる。

実にデスゲームらしいシステムだ。

花籠がゲームの進行状況を把握するためのコントロールルームは、他の部屋から独立しているキッチンに設置することに決めた。不動産屋がそのサイズを称賛したキッチンは、確かに広々としており使い勝手がよさそうであった。どのようなコントロールルームにするのが最適なのかはまだ見えてこないが、花籠はここに座布団を敷き、室内のあらゆる箇所に設置した監視カメラの映像を凝視《ぎょうし》する自身のイメージがクリアに想像できた。

どのようなギミックを用意するか、どのような動線で佐久保をゲームの深部へと誘導するのか。改めて考えてみても、このデスゲームを完成させるために果てしない労力が要されるのは自明であった。花籠はしかし、やがて完成するであろうデスゲームの姿を想像しながら、コテージ内の清掃を開始した。掃除機をかける前に、床の上に堆積《たいせき》していた数年分の砂埃《すなぼこり》を箒《ほうき》で取り除いていく。掃いて、集め、外に捨てる。掃き掃除など何年ぶりだろうか。正確な日付を思い出せるわけがなかったが、しかし古びた木製の床の上で箒を何度も往復させていると、花籠は小学生のときの掃除の時間を思い出した。四時間目が終わると、机を教室の隅に移動させる。箒をかけ、灰色に汚れた水で雑巾を洗い、何人もの児童と一緒になって床を磨いていく。

「ノリくん、今日も一緒に遊べないの？」

幼い思い出の中から、不意にそんな言葉が蘇った。花籠の下の名前は徳文《のりふみ》。遊びに誘ってくれた友人の名前は、もう思い出せない。花籠はいくらかの申し訳なささを感じながらも、いつも決まった台詞《せりふ》を口にした。

「……ごめん。勉強あるから」

「そんな毎日、勉強しなきゃダメなの？」

「受験あるから」

友人はどうにも腑《ふ》に落ちないといった表情で、ふうんとだけ零《こぼ》し、花籠の前を去って行った。花籠は公立の小学校に通っており、多くの同級生たちはそのまま地元の公立中学校へ進学することになっていた。花籠も小学校の中学年頃まではそのつもりであった。しかしあるときに母親から中学受験を提案され、私立中学校に行くことがどれだけ価値のあることかを滔々《とうとう》と説かれた。

「いま頑張って私立の中学に行けば、そこから先はずっと楽ができるの。だから、いまだけ我慢しよう、ね」

本当にそうなのかな、というような疑問は一瞬たりとも過らなかった。親が言うのだから、そうなのだろう。花籠は小学六年に上がったと同時に受験勉強を開始し、放課後は友人たちと遊ばずひたすら勉強に励んだ。どういう理屈で「楽」ができるのかはわからなかったし、反対に何が「楽」でないのかもわからなかった。しかしこれがどうやら人生を成功に導くためのとっておきの秘訣《ひけつ》であるらしい。友人たちと遊びたくないわけがなかった。誘われればさほど仲のよくない同級生であっても楽しく遊べるのが小学生だ。話題のゲーム、近所の楽しい遊戯施設、少しずつ友人たちとの話題のチューニングが合わなくなってきていることを感じながらも、花籠少年はそこに何かしら勲章めいたものを感じていた。彼らは堕落している。彼らはやがて「楽」ができなくなる。

だから今は、しばしの「辛抱」。

コテージの掃除を終えた花籠は、室内を見つめながら、何よりも先にここを真っ白で無機質な空間にすべきだろうと考えた。作品によって多少の違いはあるものの、デスゲームものの舞台は往々にして無菌空間めいた、白い部屋であると相場が決まっている。現在の室内は壁面も床面も似たような焦げ茶の木目。別荘としては悪くないが、これではデスゲームらしい異常さがもう一つ演出できない。窓の外が見えてしまうのも甚だ興ざめであった。どのようなギミックを用意するにしても、まずは壁面を白一色で覆ってしまうべきであろう。

爪で引っ掻《か》いただけで剝《は》がれてしまうような脆弱《ぜいじゃく》な壁紙は避けたい（狼狽《ろうばい》した佐久保が室内で大暴れする可能性は高い）。可能なら大理石のように硬質で、病院内のような真っ白な壁、床、天井を拵《こしら》えたい。インターネットで調べたところ、すべての条件を完璧に満たすものは簡単には見つからなかった。しかしカッティングシートと呼ばれる塩ビのシートは存外悪くないのではないかと思われた。大手のECサイトでは少量しか購入できそうになかったので、業務用の資材が発注できるモノタロウというサイトに個人で登録をした。壁面、床、天井、部屋一面を覆えるだけの量を発注すると二十五万円にもなったが、他に適当なものが見当たらなかったので購入に踏み切る。残金は三百三十五万円。

窓も潰す必要があった。金属の板で覆ってしまうのが手っ取り早いと考え、窓のサイズと合致するステンレス製の板を同サイトで購入した。合わせて電動ドリルとネジも買い、高所での作業を想定して脚立も調達。これで更に五万円ほどが飛んだ。残金三百三十万円。

可能なら小物類はゲームのコンセプトが見えてきた終盤に買いたかったのだが、照明を買わないわけにはいかなかった。窓を潰してしまうと自然光が入らず、日中でも作業ができなくなる。難しい選択を強いられそうだと思いつつも家電量販店に足を運んでみたところ、シンプルな形状の照明であれば存外雰囲気を壊さないことに思い至る。黒で縁取られた円形のシーリングライトを三つ購入し、三万円を支払った。

土曜日の午前八時半、買い集めた資材を荷台に載せ、コテージへと向かった。花籠はカッティングシートの貼り付けを始めとするあらゆる作業を、自らの手で行うつもりであった。倹約の意味もあったが、それ以上に「何かしようとしている」という気配を、何者にも悟られたくなかった。完全犯罪を成し遂げたかったわけではない。

そもそも花籠はゲームの開催後に自身が逃げ切れるのか、逮捕されてしまうのか、どのような刑に処されるのかといった諸問題についてはまったく関心がなかった。花籠が恐れていたのはただ一つ、デスゲームを開催できなくなるという、ただ一点だけであった。デスゲームの開催後に何が起ころうと構わない。しかし開催自体を阻害されることだけは絶対にあってはならない。そのためには、できる限りのことを一人で進める必要があった。

昼頃にコテージに到着し、早速作業を開始する。花籠にＤＩＹの心得はなかった。苦戦するだろうとは思っていたが、想定以上に手間取った。照明を取りつける作業は造作もない。鉄板を窓に貼り付ける作業も思いのほか手軽に済んだ。しかしカッティングシートを壁面、床、天井、全面に貼り付ける作業は、職人技以外の何ものでもなかった。

無理だ。

心が折れそうになる度に、花籠はYouTubeに助けを求めた。「壁紙／貼り方」。検索すると、世界にはありとあらゆる種類のYouTuberが存在していることを思い知らされた。尋ねれば尋ねた分だけ、有用な情報が返ってくる。壁紙とカッティングシートでは勝手が違うところも多分にあったものの、花籠の作業にも応用できる技術が無数に存在していた。大体三日くらいあればすべての部屋を白く加工することができるだろうか。甘い見積りで始まった工事は、結局一カ月を要することになった。しかし時間をかけた甲斐《かい》は、間違いなくあった。

花籠は人生でも指折りの達成感の中にあった。つまらない言い方をしてしまうなら、木目の部屋が白い部屋へと変貌しただけ。それでも窓のない真っ白な空間というのは、それだけで完成された一種の芸術であった。花籠は加工を施した三部屋を、意味もなく何度も往復し、その度に深いため息をついた。

今にも、始まりそうじゃないか。デスゲームが。

当然ながらコテージを改造している間にも、平日は通常通りの労働が待ち構えていた。佐久保との関係が劇的に好転するはずもなく、焼き菓子系の薄力粉に続いて米粉の類《たぐい》も順次業者変更していきたいという旨の発言が目立ち始める。米粉は年間でざっと二億円の売り上げ。これ以上の失注は笑い話じゃ済まされないと判断した花籠の上司は、副社長を含めた四人の重役を引き連れて佐久保のもとへと向かった。花籠も同席した。

「ご足労いただき、ありがとうございます。皆様の熱い想いと誠意、確かに伝わりました」

佐久保はいかにも誠実そうな笑みを浮かべ、ゆっくりと頭を下げた。すわ、改心したのか。驚きとともに佐久保の豹変《ひょうへん》を見届けていた花籠であったが、数日後に単独で訪問するといつも通りの人物に戻っていた。

「お前、上の人間引き連れてきたときだけ、自分が強い人間になったような顔するよな。あんまり調子づくなよ」

強烈な不快感を催す発言ではあったが、心の奥深くで安堵《あんど》している自分がいたのもまた事実であった。花籠は恐れていた。天変地異によって佐久保という人物が更生し、例のコテージが存在意義をまるごと失ってしまうことを。思えばデスゲームの制作を開始して以来、明らかに便通が改善されている。扁桃腺《へんとうせん》の腫《は》れも目立たなくなっている。花籠は佐久保に苛立ちと殺意を覚える度に、胸の中にある原子炉が勢いよく稼働し始めるのがわかった。

いま頑張れているのは他でもない。ありとあらゆる苦行は、あのゲームが開始されるまでの「辛抱」だとわかっているからであった。


花籠は具体的なデスゲームのギミックを制作する前に、一度「シナリオ」を整える必要性があると感じていた。ただ嬲《なぶ》って死に至らしめるだけなら、檻《おり》にでも閉じ込めて外から石を投げ続ければいいのだ。しかし見たいのは佐久保がただ衰弱していく姿ではない。デスゲームと呼ぶからには、少なからずストーリー性が必要であった。プレイさせられている人間が恐怖の中でささやかな気づきを拾い集め、どうして自分はこのような目に遭っているのか、どうしてこのゲームをクリアしなければならないのか、自らの人生に対して絶えず自問していくような構造を作り上げ、最後は咆吼《ほうこう》とともに悔恨の嵐が訪れなくてはならない。

花籠はこの頃から、早朝のランニングを日課とするようになった。運動は苦手なものの筆頭。好きであるわけがない。しかし花籠はカッティングシートの貼り付け作業を経て、自らの体力のなさを痛感していた。構想があり、そのための資材と時間を確保できたとしても、体力が追いつかなければ効率的な作業ができない。花籠は二日に一度、贅肉《ぜいにく》を揺らしながら自宅付近の川沿いのコースを三十分程度走り続けた。

走っている最中、花籠は度々、笑い声の幻聴を耳にした。その度に立ち止まり、慌てて周囲を見回し、誰もいないことを確認してからランニングを再開した。花籠が初めていじめを経験したのは中学生のときで、最初のきっかけはまさしくランニングであった。

「走り方、気持ち悪いな」

自分では何がおかしいのか、何が気持ち悪いとされているのか、まるでわからなかった。手軽にスマートフォンで動画を撮影できる現代ならいざしらず、当時は自分の走り方を客観的に確認することすら難しかった。ただ事実として、花籠が走り出す度に周囲から笑い声が上がった。同級生に笑われているうちはまだよかったが、教師が笑い始めるといよいよ大人公認の笑いものであるという烙印《らくいん》を押されてしまったようで、周囲からの笑い声はいっそう侮蔑《ぶべつ》の色を濃くした。

「馬鹿にするな、笑うな」

耐えきれなくなった花籠は、ある日の体育の授業中に叫んだ。その姿がまた一段と滑稽だったようで、いよいよ花籠に対する明確ないじめ行為が開始された。

中学受験には見事成功し、花籠は入学すれば生涯の「楽」が保証されているはずの第一志望校に合格していた。希望すれば半ば自動的に高校、大学へエスカレーターで進学することができる。自身をいじめるような人間と同じ学校へと進んでいくのは不快には違いなかったが、しかし苦労して入学した学校なのだから大学まで進んでいくのが筋なのだろうと思っていた。親もきっとそのつもりだろう。まさしく生涯の「楽」を手に入れるために必要な、これまた「辛抱」に違いない。

「いや、花籠。お前くらい賢かったら東大を目指せ」

担任は花籠の背中を押した。担任は花籠のことをいじめの魔の手から救い出してくれることはなかったが、彼の境遇に一定以上の理解を示し、適宜、心の支えとなってくれていた。

「お前のほうがあいつらよりもずっと立派な人間になれる。東大に入って見返してやれ。全員お前に土下座するぞ」

いじめっ子たちを土下座させることに興味はなかったし、またそれが可能であるとも思わなかった。しかし担任の次の言葉は、思春期の花籠の心のひだを気持ちよくくすぐった。

「東大入ったら勝ち組確定だよ。女の子だって選びたい放題だ」

反射的に、本当ですかと聞き返してしまった。

「保証するよ。いろんな人が花籠の取り合いを始めるさ」

花籠は小さく頷くことしかできなかったが、心の中にあった巨大な線路が進路変更のために大きな音を立てて動き出した。東大に行けば報われる。すべてが変わる。勝ち組になれる。花籠はその日から再び心のカレンダーを見つめ直した。目標は東大合格。それまでは大きなジャンプのための屈伸運動だと思って、しばしの「辛抱」。


花籠はデスゲームのシナリオ策定にあたり、先行作品の研究に時間をかけるべきだと判断した。

先行作品というのはすなわち、デスゲームを題材にしたドラマや映画である。花籠の発想にはどうしても限界があった。インスピレーションを得るためには、ベンチマークを見定めなくてはならない。

花籠はこのとき初めて、Netflixの倍速再生機能を使用した。これまでは誰がどんな目的のために活用するものなのだろうと首を傾《かし》げるばかりの機能であったが、時間が惜しいと感じ始めるとこれほどまでに便利なものはなかった。一・五倍速で浴びるようにデスゲーム作品を鑑賞する。観終われればその詳細をメモに取り、自身のゲームに活《い》かせそうな要素を抽出していく。

その結果、花籠はひとつの真理に辿り着いた。

デスゲームの内容は、少なからず参加者の罪を投影したものでなくてはならない。

ゲームに参加させられる人物たちは何かしらの罪を背負っており、その罪をゲームを通して贖《あがな》っていくことになる。そのため、ゲーム内での罰は当人の罪を彷彿《ほうふつ》とさせるものでなくてはならないのだ。

夜の自室で、花籠のペンがノートの上を素早く走り始めた。ゲームを三ステージ制にするアイデアはかねてからあったが、花籠はこれをそれぞれ「体験の間」「自覚の間」「更生の間」と名付けてみることにした。最初に佐久保が目覚める「体験の間」では、彼自身が犯してしまった罪を自身の身で味わってもらう。第二ステージとなる「自覚の間」では、自分という存在がいかに罪深いものであったのかを文字通り「自覚」してもらう。最終第三ステージの「更生の間」では、罪を体験し、理解した上で、善良な人間へと生まれ変わるためにこれまでで最も過酷で厳しい試練に挑戦してもらう。

　では、佐久保が償うべき罪というのは果たして何であろうか。まずは人に対して敬意を欠いた態度をとり続けてきた「傲慢《ごうまん》」。会社の利益を無視し、若い女性と仕事をしたいという私欲を優先させた「色欲」。次に配送ミスがあったら業者変更を考える――というような旨の発言をしつつ、配送ミスが発生しなかったにもかかわらず平然と業者変更を始めた「嘘」。

　すべてを理解させ、償わせる必要がある。

　では、どんなギミックを用意しようか――イメージの一端を脳裏に描いただけで、指の先が痺《しび》れるほどの興奮を覚えた。

　とはいえ現時点でゲーム会場は、ただ窓のない白い部屋が三つ連なっているだけのコテージであった。花籠は最も難易度が高いと思われるギミック制作は後回しにし、ひとまずそれぞれの部屋に暗証番号付きの鍵と、コントロールルームで花籠が室内を監視できるようにするためのカメラを設置するべきだと判断した。

　ともに入手は容易であった。ネットで検索をかけたところ、一般的なECサイトにおあつらえ向きのものが大量に用意されている。鍵については機能性と丈夫さを考慮し、一万五千円程度で工事不要が謳《うた》われているものを三つ注文した。四桁の数字を入力すれば解錠できる仕組みになっている。一方のカメラについてはマイク機能が搭載されていることと、ワイヤレスであることを前提条件に商品を絞り込んだ。マイク機能がなければ室内の音声（佐久保の叫び声など）を聞くことができない。コンセントに向かう配線がだらしなく垂れ下がっているとデスゲームの緊迫感を著しく削《そ》ぐことも予想されたので、ワイヤレスであることも譲れなかった。結果、少々値は張ったが一つ四万円程度のカメラを、こちらも三つ購入した。白を基調にした近未来的なデザインをしており、白い部屋の中でデスゲーム的空気を演出するのに一役買ってくれそうであった。

設置するためにまたしても軽トラックを走らせる。

カッティングシートの貼り付けほどではなかったが、いずれの作業も想定より難航した。工事不要と書かれているからには、ワンタッチで設置できるのだろうと高を括っていたのだが、「ドライバーで既存のシリンダー、錠ケース、レバーハンドル、ストライク等を外し――」という文言が見えた瞬間にはずんと頭が痛くなった。知らない言葉がずらりと並んでいる。例によってYouTubeの力を借りながら、夢中になって三つの錠を取りつけることに成功したとき、時刻はすでに早朝四時になっていた(白い部屋にいると時間の感覚が失われた)。

鍵に比べれば、監視カメラは簡単に設置できた。脚立を使い、部屋を見渡せるであろう天井の隅にドライバーで固定。支配者である花籠自身が鎮座することになるコントロールルームは液晶画面が無数に並ぶ不気味な空間になるであろうとイメージしていたのだが、監視カメラの専用アプリを活用すればタブレット一台で全室の音声、映像が確認できることがわかると、これ以上、手を施す必要がないことが判明してしまう。物足りなさはあったが、手間とコストが削減できるのは悪い話ではなかった。交通費等の雑費もかさみ、資金は残り三百万円。

まだ金銭的な苦しさはなかったが、すでにスタート時から資金の半分を使っていた。花籠はデスゲームの存在を何者かに嗅ぎつけられてしまうことと同じくらい、資金のショートを心配していた。

先立つものがなければデスゲームは開催できない。花籠はいつからか節約に励むようになっていた。何の気なしに買ってしまう缶コーヒーや、ビニール傘、さほど活用していないのに入会したままになっているサブスクリプションサービス。金の使い方を根本から見直し、いざ追加の資金が必要になったときのために備えた。

そうして来る日も来る日も預金残高を気にしていると、花籠は人生で最も金策に苦慮した大学時代を思い出した。

花籠は蛍雪の功により、見事、東大合格を果たしていた。複数のアルバイトを掛け持ちし、一円でも出費を抑えることに心血を注いだ。

「ノリちゃん、一緒に写真を撮ってもらってもいいかな？」

入学式の数日前、いかにも楽しげにそう言ったのは、花籠の叔母であった。だってほら、東大に入るってことは、偉いお医者さんか、学者さんか、官僚か、とにかく絶対にすごい人になるって決まってるんだから、今のうちに自慢できる証拠を残しておかないと。何を大袈裟《おおげさ》なと当時の花籠は周囲に合わせて笑っていたが、叔母の予想は存外大外れでもないのだろうという予感も抱いていた。中学受験の成功とは、また段違いの手応えであった。花籠は確信していた。とうとう報われるときがきたのだ、と。

花籠の実家は都内にあったが、通学にはいささか不便であった。一人暮らしが始まる。仕送りは平均的な大学生よりはいくらか色のついた額をもらえていたが、初めての新生活では思わぬ出費がかさんだ。一年次は学業に忙しく思うようにアルバイトもできない。二年次以降は徐々に生活のリズムを摑めてきたが、友人と不自由なく交際するためにはある程度の資金が必要だった。アルバイトに励むことになる。そうして貯まった金を持ち寄って、花籠の家で小さな宴会が開催される。

「花籠も彼女いないもんな？」

男女問わず垢抜《あかぬ》けている同級生は山といたが、花籠の周囲には女性の肌に触れたことさえないような男たちばかりが集まった。無論、花籠もその一員だった。今のところ、中学時代の教師が予言した「花籠の取り合い」は始まっていない。一抹の恥ずかしさは感じながらも、敢《あ》えて気にしてないふうを装って、

「おう」と答えれば、

「まあ、俺たちは、就職してからでしょ」

友人は缶の発泡酒を傾けながら、今は充電期間だよと赤ら顔で言い切ってみせた。俺たち花の大学生だと盛り上がり、猿のように性行為に惚《ほう》けている人間たちは間違いなくここから苦労する。今はひたすら勉学と努力。この難局を乗り切り、教員から飛びきりの内申点をもらえれば旧財閥系の大企業への入社は約束されたも同然。手に入らないものなどなくなる。

「幸せをこの一瞬で燃やしきるか、未来永劫《えいごう》幸せに生きるか。選ぶべき道は明らかでしょ」

花籠はコップに入れた「いいちこ」の水面《みなも》を見つめながら、なるほどそういうものなのかもしれないなと妙に納得していた。いい大学に入ったねと、多くの人が花籠のことを称賛してくれた。しかし誰もが口を揃《そろ》えて、これは将来が楽しみだねと続けた。そうなのだ。結局のところこの大学も、次なる人生のステージに向けた単なる踏み台でしかないのだ。そして踏み台を越えた先には、（友人の言葉を借りれば）未来永劫の幸せが待っている。

花籠は小さくふふっと笑った。小学校は六年、中学高校は三年ずつ、大学は院に行かなければ四年で終わる。しかし社会人生活はどうだろう。定年までおよそ四十年続く。どこに幸せのピークを持っていくべきかは考えるまでもない。

これまでの人生は壮大なる踏み台の期間だったのだ。花籠は決意した。とにかくいい会社に入ろう。給料がよく、やり甲斐があり、多くの人からの称賛を一身に浴びることができる、超一流の有名企業に。そのためには臥薪嘗胆《がしんしょうたん》、まだまだもう一踏ん張り。幸せになるためには、残りたった数年の「辛抱」だ。

白い空間が完成したときにも手応えはあったが、監視カメラと鍵がつくとデスゲームの香りがより一層濃厚に漂い始めた。キッチンでタブレットを開き、各部屋の状況を確認してみると花籠はゴールがすぐ目の前にまで迫ってきたような高揚感に包まれた。

できる。

花籠がデスゲームの制作を決意してから、気づけば二カ月が経過していた。自身の計画に対して懐疑的な眼差しを向け続けていた弱気な自分も、今ではデスゲームの開催を疑っていなかった。間違いなく開催できる。

花籠はいよいよ実際的に佐久保に牙を剝《む》くことになる（デスゲームの主役と言っても過言ではない）ギミックの制作に取りかかることにした。包丁、ノコギリ、錐《きり》、毒ガス、虫、肉食動物——佐久保を恐怖のどん底に陥れるアイデアは無数に湧いたが、思いついたものを片っ端から採用するわけにはいかない。まずは実現の可能性を吟味し、予算と自身の技術力を考えた上で、何よりシナリオを尊重したゲームを構築していかなくてはならない。

第一ステージ「体験の間」のテーマは、佐久保が他人に対して行ってしまったことの追体験だ。「傲慢」「色欲」「嘘」。この三つをテーマに、佐久保には自身の罪深さを体験してもらう必要があった。テーマを踏まえて花籠がノートにまとめたシナリオは、以下のようなものであった。

まず、佐久保が眠りから目覚める。果たしてここはどこだろうと周囲を見回すが、真っ白な空間に見覚えはない。するとゲームの主催者（もちろん花籠だ）からのメッセージが流れ出す。「お前はあまりにも大きな罪を犯してしまった。よってこのゲームに参加しなくてはならない。しかしすべてのゲームを見事にクリアできたのなら、五体満足でこの屋敷から逃がしてやることを約束しよう」。どのような手段で佐久保にメッセージを伝えるかは一考の余地があったが、いずれにしても何らかの形で佐久保に指令を出し、事態を把握させる必要がある。この時点で、佐久保の目の前には簡単なパズルを用意しておく。これ自体は子供だましで構わない。ちょっとした暗号でも、ルービックキューブでも、知恵の輪でもいい。いずれにしても佐久保が「これがゲームなのだ」と理解できるものを設置しておく。飛びついた佐久保はうろたえながらも謎を解き、やがて小さな推理を重ねて四桁の数字を手に入れる——ように調整しておく。

どれだけ錯乱していようとも、この数字こそが脱出のための鍵であると直感するだろう。佐久保は部屋における唯一の扉に向かい、設置されているテンキーに四桁の数字を入力するに違いない。すると扉が開く——と、思わせておいて、最初のギミックが発動する。ドアノブには電流が流れており、同時に皮膚を焼くような劇薬が顔をめがけて噴霧される。

痛みに悶《もだ》え苦しみながら佐久保は叫び出す。どうしてだ。ゲームを解いたら五体満足で外に出してくれるんじゃなかったのか。わあわあと喚き声を上げるであろう佐久保に対して、花籠はそっと教えてやるのだ。

「これが、お前のやってきたことだ」と。

嘘をつくことの罪深さを教え、同時に外傷を負わせる。劇薬を吹き付ける――というのは、花籠自身が湯飲みの茶をかけられそうになったエピソードをモチーフにした。ノブに電流を流し、指を起点にして佐久保にダメージを与えるというのも、同様に花籠が指を折った出来事から着想を得ている。デスゲーム「もどき」が始まったと侮《あなど》られるようなことがあってはいけない。こちらは本当に命を奪う覚悟があるのだと知らしめるのだ。でなければ佐久保はうろたえない。あの傲慢な男の顔が恐怖に歪《ゆが》んでいくのが見たいのだ。

そして佐久保がこれは遊びではないと悟ったその瞬間から、真の意味でのデスゲームが開始される。

魅力的なプランが組み上がっていくと同時に、花籠は自身の知識不足を痛感するようになっていた。初めは既存の工業製品を組み合わせることによっていくつかのギミックを制作しようと考えていたのだが、単純に機械Aと機械Bを組み合わせるにしても最低限の工学の知識が必要とされる。花籠が鑑賞してきたデスゲームものの映画では一見して手製であることがわかる無骨なギミックが使用されてはいたが、いずれも安っぽさはなかった。人を死に至らしめる可能性がある装置は、やはりそれ相応の威光を放つべきなのだ。

花籠はギミックの制作に取りかかるにあたり、本格的な勉強を始めることにした。

書店に向かい理工書を漁る。四十半ばで新たな学問に挑戦するのは簡単なことではない。しかし花籠は文系でこそあったが仮にも元東大生であった。強い目的意識を持って勉学に臨めば、あらゆる知識を要領よく、効率的に吸収していくことができた。

まずは高校数学の基礎から学び直し、ただ一口に機械の駆動系と呼ばれてしまうパーツの仕組みを理解していく。油圧、空圧、電動の違い。電気とはそもそも何か、どのようにしてパーツを組み上げるべきか、溶接はいかにして行うか。

しばらく武石小沢根には向かわず、ひたすら知識を蓄えた。通信講座に申し込み、オンラインで授業を受けた。ときにホームセンターが主催しているＤＩＹの実習に顔を出し、日曜大工のいろはを体に叩《たた》き込んだ。調べれば調べるほど必要とされる知識の核が見えてくる。手を動かせば動かすほど、自分が作り出せるものの骨格が見えてくる。まさしく寝る間を惜しんで知識と技術の習得に臨み、日々確かな手応えとスキルアップを実感していた。

そして花籠は久しぶりに、自身が寝不足になっていることに気づいた。日中に思わず欠伸《あくび》が出る。ここまで体を追い込んだのは果たしていつ以来であろうか。考えるまでもなかった。現在の会社に勤めるまで――十一年前までの大手商社勤務時代は、毎日が肉体的限界との闘いであった。

花籠は大学を卒業し、新卒でとある企業に入社した。名前を知らぬ者などいない、日本最大規模の総合商社。内定の通知を受け取った瞬間、花籠はあまりの興奮と喜びに、小一時間涙を零し続けた。

勝った。

友人と遊べなかった小学生時代、いじめられ続けた中学高校時代、栄光を手に入れたと思ったが劇的な変化は訪れなかった大学時代。花籠はじっと唇を噛《か》んでいくつもの難所を切り抜けてきた。そうして花籠の人生がようやく長い助走を終え、まさしく大きく、遠くに、華麗に羽ばたく瞬間に——なるはずであった。

およそ常人に耐えうる勤務形態ではなかった。朝は九時までに出社というルールだけが存在し、終業という概念は存在しないも同義であった。いつ何時であっても電話が掛かってくる。曜日はもちろん時間も関係がない。時差のある海外からはひっきりなしに連絡が入る。即座に返事ができなければ容赦《ようしゃ》なく数億円規模の仕事が飛んでいく。分刻みで次の予定が入っている。寝る時間どころか、用を足す時間も、メモを取る時間もない。

給料はよかった。しかし使う暇がない。

花籠は激務に忙殺されながら、ひたすら転職の機会を窺《うかが》い続けた。通帳にはいつの間にか優に一千万を超える金が蓄えられていたが、冗談でも幸せだと嘯《うそぶ》くことはできなかった。世の中、お金がすべてじゃないよ。誰かが口にしていた薄ら寒い綺麗事《きれいごと》が、偽善の警句ではなかったことをようやく知った。

花籠はまもなく定時で仕事を終えられることを第一条件に転職活動を開始する。時間さえあればすべてが変わる。時間さえ手に入れれば、給料など雀《すずめ》の涙で構わないのだ。とは言え、激務の中では転職先を見つけることすら容易ではなかった。早く抜け出したい。しかし抜け出すためにも時間が必要だ。花籠は疲労がピークに達する度に、ところ構わず大きな深呼吸をし、念仏のように小さな声で唱えた。

今は「辛抱」。もう少しの「辛抱」。

花籠はやがてまとまった休日を捻出《ねんしゅつ》することに成功し、僅か四日の間に理想的と思われる転職先を見つけ出した。年収は前職に比べると半減と言ってよいほど減ったが、花籠は自身の判断に間違いはないはずだと太鼓判を押した。幸いにして貯蓄はある。必要なのは時間と心の余裕だけなのだ。そうして花籠は現在の仕事に就いた。潤沢に蓄えられていた貯金の山は、この頃から始まった風俗通いによって少しずつ取り崩されていく。

十分に学んだ。今なら、漠然としたアイデアを具象化するために必要な工程、材料、工期等がわかる。どこからが作り出すことのできない夢物語の仕掛けであるのか、どこまでが実現可能な実際的な装置であるのかが嚙み分けられる。

花籠は確信すると、第一ステージである「体験の間」の制作に取りかかった。勉強にはおよそ二カ月を要し、デスゲーム制作を決意した日からはすでに四カ月が経《た》っていた。

必要と思われる資材をホームセンターとモノタロウで調達し、武石小沢根へと向かう。長期間無人のまま放置するのが怖かったので武石小沢根のコテージには二、三週間に一度くらいのペースで顔を出していたが、いよいよデスゲームに命が吹き込まれるのだと考えると、玄関扉のノブにかけた右手が震えた。

無我夢中であった。これまで身につけてきた知識を惜しみなく注ぎ込み、時間を忘れてひたすらギミックの制作に没頭した。利用できると思った既製品を分解し、別の既製品と組み合わせる。佐久保が破壊できないように強度も確保する。見た目にも気を遣う。

考えてみると、滑稽な話であった。いかに威圧的で不気味な空間を作るか。どれだけ凶悪で逃げ出したくなるような趣を醸し出すか。それらはすべて佐久保ただ一人のためだけに費やしている労力であった。殺したいほどに憎んでいる相手のことを考え、殺したいほどに憎んでいる相手の印象を慮《おもんぱか》って、花籠は手を動かし続けた。

コテージを購入してから早、半年。

順調に進んでいたデスゲームの制作であったが、花籠はここで恐ろしい疑問にぶち当たった。果たして俺は、以前ほど佐久保のことを憎らしく思っているのだろうか。考えた瞬間、初めて手が止まった。そして花籠は、その可能性に対して明確な恐怖を覚えた。

「なんだか、お前と会う頻度が減ってきたら体調よくなってきたわ」

相変わらず佐久保の言動は不快極まりないものであった。しかし彼の言う通り、花籠は佐久保と顔を合わせる機会を減らしていた。焼き菓子系の薄力粉と米粉を失注したことにより、取引量が減少。それに伴って顔を突き合わせる必要性自体が少なくなってきてしまっていた。そして奇妙なことに花籠自身、佐久保の命を自由自在に弄ぶことができると考えることにより、嫌がらせに対する高い耐性を身につけつつあった。どうせ殺す相手だと考えると、これまで腸《はらわた》が煮えくりかえるようだった暴言の数々が、どうしてだか胸に響いてこない。

花籠は、自身の殺意を増幅させる必要性があると感じた。

何かできないだろうか。応接室を見回した花籠は自ら呆気《あっけ》にとられるほど手際よく、テーブルの上にあったカップを横倒しにした。中のコーヒーはまだ熱かった。わっと大声を上げて立ち上がった佐久保は、瞬時に二、三の罵声を口走りながら濡《ぬ》れた股間をティッシュペーパーで拭い始める。

花籠は不自然でないよう頭だけ下げるも、口元には敢えてうっすらとした笑みを残してみた。

覿面《てきめん》、佐久保は口角泡を飛ばして怒り始めた。

お前、この野郎、図に乗りやがって。調子乗るのも大概にしろ。うちの「上」がこれまでの関係を考えて取引を続けろって命令してきたから手心加えてやってんのに、何様だこら。お前なんてこの取引が完璧に打ち切られたらすぐ首になるような——罵詈雑言《ばりぞうごん》を耳にすれば当然怒りの気持ちが湧いてきたが、花籠は強く感じてしまった。足りない、と。どうにかして佐久保に対する憎悪を取り戻さないと、せっかくのデスゲームを存分に楽しみきれなくなってしまう。考えた花籠は聞こえるか聞こえないか、どちらにでも転がりそうな絶妙な声量で零してみた。

「うるさ」

届いた。激昂《げきこう》した佐久保は花籠の胸ぐらを摑み、新たな罵詈雑言の引き出しを開けた。薄給の無能、独身の低身長デブ、みんなお前のことを気持ち悪がってる、誰からも愛されない、明日にでもいなくなるべきゴミ。予想もしていなかった角度からの罵声は、あっという間に花籠の我慢の閾値《いきち》を踏み越えていった。やはり憎い。許せない。殺さなくてはならない。花籠は罵られながら、すでに完成していたデスゲームのギミックをより先鋭化しなければならないと無音の演算を開始していた。殺す、殺す、絶対に殺す。可能な限り苦しめた上で殺す。新たなアイデアが次々に湧き上がってくる。

そうだ、これでいい。花籠は確かな憎悪を込めてぐっと佐久保の瞳を睨《にら》み返しながら、裏腹に胸の中ではにやりと破顔していた。

すべてのギミックが完成したのは、作業開始から一年が経過した翌年三月のことであった。

完成した瞬間の達成感は、花籠がこれまでの人生で味わってきたどのような感慨よりも、深く、大きく、そして甘美であった。第一ステージの「体験の間」から「自覚の間」「更生の間」、何度も何度も細部を点検し、これ以上に調整するべきところはないと確信したとき、花籠はキッチンで半日涙を零し続けた。

無論、実際に試そうと思えばあまりに危険なギミックたちであった。試運転をしていないものもあったが、概《おおむ》ね誤作動の心配はないであろうというところまでチューニングを施すことができていた。花籠は涙を流し終えると立ち上がり、改めて「体験の間」へと向かった。そして佐久保が辿るであろう動線を頭の中でイメージした。予定からいくらか変更を加えたところもあったが、基本的には当初のプラン通りのステージを作ることができた。

昏睡《こんすい》から目覚めた佐久保は、まず目の前に置いてある一枚のＤＶＤとデッキ、それから液晶モニターの存在に気づくことになる。ＤＶＤの表面には「再生しろ」とでも書いておけばいい。佐久保がＤＶＤをデッキに挿入すると、謎の主催者からの指令が流れ出す。「ゲームをクリアしろ。最初のゲームは部屋の隅にある金庫の中に入っている」。佐久保は鍵の掛かっていない金庫に手を伸ばす。そしてデスゲームは幕を開ける。最初に取りかかることとなるのは、実に簡単なペーパーテストだ。

蔣介石《しょうかいせき》……………………○○○○年生まれ
ワイマール憲法制定……………○○○○年
フランシスコ・ザビエル……○○○○年生まれ
ワーテルローの戦い…………○○○○年
　　　　　合計○○○○年

問題自体は単純であるが、歴史に精通している人間であっても即答は難しい。そこでペーパーテストと一緒に、金庫の中には一冊の広辞苑を用意してやることにした。これにより、どれだけ教養のない人間であってもすぐに回答に辿り着くことができる（ただし、四つの単語の頭文字を繋《つな》ぎ合わせると「昭和フラワー」となることには気づけるだろうか）。いずれにしても問題は簡単であった。ただ造作もない問題だと油断され、室内の物色等を始められるのは気分がよくなかった。デスゲームにおいては緊張感と、切迫感が何よりも大事であり、佐久保を自由な状態のまま放置してしまえば用意したシナリオが崩れる危険性もある。そこで花籠は一計を案じた。主催者が映像越しに警告を伝えるのだ。

「このDVDの再生と同時に、室内には致死性の毒ガスが流れ出す。命が惜しければ早く謎を解いたほうがいい」

花籠はこのギミックを実現させるために、個人で入手できる毒薬を探した――が、危険とされる薬品はいずれも入手困難であった。不可能ではないが、どうしたって個人情報を晒す必要があり、足がついてしまう危険性を孕《はら》んでいた。悩んだ花籠が辿り着いたのは、意外にも身近な薬品であった。

混ぜるな危険。

市販のカビ取り剤とトイレ用洗剤を混ぜることにより、塩素ガスを発生させればいい。致死性であるというのは誇大な表現になるかもしれないが、補助的なギミックとしては十分以上の仕掛けだ。巨大なポリバケツの中に大量のカビ取り剤を入れ、その上に少しばかり小ぶりなポリタンクを載せる。このポリタンクの中にはトイレ用洗剤が満たされており、遠隔スイッチを押すと栓が抜け、バケツの中でカビ取り剤とトイレ用洗剤が混ざる仕組みを構築した。言葉にしてみると随分と立派な大仕掛けのようだが、非常に原始的で見映えのしない装置であった。遠隔スイッチはAmazonで四千円もせずに購入できる。人の手でも簡単に破壊できてしまう脆弱な装置であったので、ステンレスの板で四隅を囲み佐久保が触れないような工夫を施した。上部だけを百円均一で買ったバーベキュー用の網にし、塩素ガスが室内に漂うように調整すれば完成。転倒させられてもいけないので、電動ドライバーを使って壁面に固定した。

DVDの流れに合わせて、コントロールルーム（キッチン）にいる花籠が毒ガス装置を作動させる。塩素の強烈な臭いを嗅ぎながら、佐久保は大慌てで広辞苑を捲《めく》り出すに違いない。ペーパーテストの正しい答えは7127であったが、この数字には実のところ何の意味もない。ドアに設置されているテンキーに数字を打ち込もうとすると、佐久保の指には衝撃が走る。金属製のドアロックには、電流が流れているのだ。

大手のECサイトにはなかったものの、個人運営のサイトを巡回すれば簡単にスタンガンの購入ができた。気絶するほど強力な電流ではないとの説明書きがされていたが、自身の体では一度も試していない。効力は未知数だが、手に入れたスタンガンを一度分解し、ドアノブに常に電流が走り続けるような仕組みを施した（スタンガン自体は次なるステージである「自覚の間」側に取りつけてある）。

驚いた佐久保に休む間を与えず、ドアの上部に設置された機械から顔面をめがけて薬液が噴霧される。塩酸や硫酸といった薬品を使用したいと思っていたのだが、これも濃度の高いものの入手は困難。漂白剤で代用することにしたが、最悪失明の可能性もあるとされており、油断のならないギミックになっている。装置はアルコールの噴霧器を流用して組み上げた。試しに水を入れて作動させてみたが、霧状となった水が笑ってしまうほどまっすぐ目に向かって飛び込んできた。佐久保がどのような苦しみ方をするのか、第一ステージの中でも随一の見所であった。

佐久保の様子が落ち着いてきたところで、花籠は液晶モニターに次なる映像を映し出してやる。コントロールルームで待機している花籠であっても、スマートリモコンを使えば「体験の間」の液晶を簡単に操作することができた（ただ、最初の映像だけは佐久保の覚醒時間が読めないので、DVDを入れてもらう形式にせざるを得ない）。

「これこそがお前がやってきたことだ。人を欺き、人を嘲笑し、人を傷つけた。今からその報いを受けることになる。正直に話そう。この館から出ることは可能だ。しかし五体満足では、まず間違いなく出られない。闇を抜けるために勇気を振り絞れ」

ここで花籠は、第二の金庫の鍵をアンロックしてやる（遠隔スイッチで簡単にシステムを構築できた）。第二金庫の中には、特殊な小箱を用意してあった。金属でできた、ルービックキューブよりもう二、三回りほど大きな立方体。ちょうどサイコロの一の目のように、一面の中央に一つだけ穴が開いており、ここに指を入れ、奥にあるスイッチを押すことによって箱が開く仕掛けになっている。開かれた箱の中に正しい暗証番号が記載された紙が封入されている——のだが、もちろんただ正解を教えてやるわけではない。

箱を開けるためのスイッチを押した瞬間、太いバネが外れ、箱が開くと同時に金属製の鋭利な剣山が指を潰す仕掛けになっている。その力、およそ百五十キロ。花籠は何度かニンジンを指に見立てて実験をしてみたが、原形を失うほど完全に粉砕された。

いずれにしてもここで佐久保は第一ステージ「体験の間」を抜け出すための暗証番号を手に入れることができる。少なからず塩素ガスを吸い込み、漂白剤を吹き付けられた瞳は焼けるように痛み、十本の指のうちの一本は完全に失うことになる。これだけのギミックを経験してもらえれば、佐久保もこのゲームがただのゲームではないことを理解してくれるはずだ。

舞台は第二ステージ「自覚の間」へと移行する。

第一ステージである「体験の間」は、白い部屋に液晶画面と、ＤＶＤデッキ。それから大きめの金庫が二つに、扉の付近には漂白剤を噴霧するギミックと、部屋の端に毒ガスの発生装置——と、細かな仕掛けがいくつも散見される空間に仕上がっていた。

しかし「自覚の間」は違う。金庫のほかには、巨大な装置が二つだけ——「測定器」と「切断機」が鎮座している。「測定器」は巨大な牛乳瓶のような形をした装置で、その気になれば人一人が中に入れそうなほどの大きさを誇っている。ただし上部はやはり牛乳瓶よろしく直径十五センチほどにすぼめられており、実際に自分の体を潜り込ませることはできない（食品工場などで使用される巨大なステンレス製の寸胴を加工して作り上げた）。佐久保にはここから「物」を投入してもらう。「測定器」の底面には体重計が仕込まれており、測定器の中にどれだけの重さのものが投入されているのかがリアルタイムで液晶画面に表示されるようになっている。そして重さが三キログラムを超えると、次の部屋へと向かうための暗証番号が明かされる（コントロールルームにいる花籠が金庫の鍵を遠隔で開けてやると、中から暗証番号が書かれた紙が出てくる）。

では、何を投入して三キログラムの重さを確保すればいいのか。

ここで活躍するのがもう一つの装置である「切断機」だ。その名の通り、何の変哲もない電動の高速切断機である。本来は鉄パイプ等を切断するために活用される工具で、スイッチを入れると円盤形の歯が高速で回転し始める。もちろん持ち上げて扉やギミックを壊したりすることができないよう、周到にあらゆるパーツを固定し、本体も床面にボルトで留めてある。

時間はかかるかもしれない。しかし敢えてヒントは与えないでいこうと花籠は考えていた。やがて愚かな佐久保でも気づくはずなのだ。三キログラムを稼ぐためには、自分の腕か、足を切り落とさなくてはならないことに。

この部屋のアイデア自体は、ほぼ完全にとあるデスゲーム映画からの流用であったし、「自覚の間」という名前とは些《いささ》かかけ離れた内容の試練になってしまった。そのことに花籠自身、少なからず物足りなさは覚えていたが、しかし仕掛けそれ自体には大いに満足していた。

ここを抜けた先にある「更生の間」では、残った指をすべて潰してもらうことになる。そして昭和フラワー製の小麦粉を一キログラム食さないと次の試練には臨めないように調整が施されており、最後にはこのデスゲームを仕掛けた人間が誰であるのかを当てなければならない。花籠は、ひとまず場を収めよう、ただこの苦境から救われようと、四方八方に向かって闇雲に頭を下げる佐久保の姿が見たいわけではなかった。他でもない花籠自身に謝ってもらわなくては、更生を果たしたと言えるはずがない。主催者が花籠であるというヒントは、敢えて多くは出さないこととした。しかし味のしない小麦粉をひたすら頬張っているうちに、おそらく感づくはずなのだ。そしてきっと頭を下げる。

花籠さん、本当にすみませんでした。ごめんなさい。私は真人間に生まれ変わります。

心の底からの懺悔《ざんげ》の言葉が聞けたなら、花籠が手元の遠隔スイッチを押す。外へと繫がる最後の扉が開かれ、晴れて佐久保は自由を手にすることができる――とは言え、佐久保は瀕死《ひんし》の状態になっていることが推測される。「体験の間」では塩素ガスを吸い漂白剤を目に浴びている。「自覚の間」を抜けるためには肉体を三キログラムほど失う必要がある。さらに「更生の間」では指をすべて失う。徒歩では下山するだけでも数時間を要する山中のど真ん中に放たれれば、残りいくらも生きられまい。

花籠は、車を用意してやることにしていた。

運転は自分でしなければならないが、最寄りの病院へと駆け込むくらいのことはできるのではないだろうか。軽トラックをくれてやるか、あるいはレンタカーを用意するか。ネットで適当なレンタカー業者を探しながら、花籠はどうして敵に塩を送るような真似《まね》をしているのだろうと他人事《ひとごと》のように考えた。

おそらく「見たい」のだろう。花籠は自身でそう分析した。

花籠が用意したゲームは過酷という言葉で済ますには心許ないほどに過酷であった。しかしそれを乗り越えた人間が果たしてどのような人間に生まれ変わるのか、地獄のようなギミックをくぐり抜け、耐え難きを耐え、忍び難きを忍び、極限の極限まで「辛抱」しきった人間が摑む「真理」を、この目で見届けたいのだ。

花籠は最後の仕上げとして、佐久保に指令を下すためのＤＶＤ制作に取りかかった。気が進まなかったから後回しにしていたのではない。すべてのギミックが完成し、佐久保が辿ることになる道のりが見えない限りは、心に訴えかけるような語りかけができない気がしていたのだ。

花籠はコテージの中で白い壁が背景になるよう画角を調整し、自身にスマートフォンのカメラを向けた。ドン・キホーテのコスプレコーナーで一時間悩んだが、花籠が選んだ変装は敢えて金をかけずに「茶色の紙袋を頭から被《かぶ》る」であった。これが一番、不気味だ。音声は撮影後にアプリで加工する予定であった。録画ボタンを押し、喉を小さく整えてから喋り出した。

「目が覚めたようだな」

口にしたところで、撮影を中断した。笑いが止まらなくなってしまったのだ。台詞の安っぽさに滑稽さを覚えたのではない。いよいよ本当にデスゲームを開催できるのだという喜びを隠せなくなってしまった。何度も何度も呼吸を整え、紙袋を被った自身の姿を見慣れた頃、ようやく満足のいく撮影ができた。

「闇を抜けるために勇気を振り絞れ。次に外の光を拝むとき、お前はきっと別の人間に生まれ変わっている。健闘を祈る。光を浴びるまで、しばしの『辛抱』だ」


もはや、いつでもゲームを開催することができる。

花籠はいつものように営業車で佐久保のもとへと向かうと、途端にこの憎い男を抱きしめたい衝動に駆られた。これから、彼の身には地上最大級と言っていい悲劇が降りかかる。そしてそのことを、この世界で花籠だけが知っていた。そう考えると、どういうわけか花籠の涙腺は緩み始める。

小さく二度ほど洟《はな》を啜《すす》ったところで、

「風邪《かぜ》っぽいなら来るなよ。人の迷惑考えないやつだなぁ」

花籠はすみませんと謝った上で、いよいよデスゲームの開始へと動き出した。

「もしよろしければ、なんですけど——」

花籠はスマートフォンの画面を佐久保に向けた。画面には、都内にある、とある高級料亭の公式ページが表示されている。

デスゲームを作ることはできた。しかし実際的に最も難易度が高いのが「どうやってデスゲームの会場に連れ出すのか」であった。どうすればいいのだろう。映画においては何者かに背後から襲われ昏倒。気づいたときには白い空間に——というのが定番であったが、現実世界において人間を気絶させるというのは簡単ではない。やり過ぎれば命を奪いかねず、一方で手加減が過ぎれば取っ組み合いに発展してしまう。考えた結果、花籠は泥酔させてしまうのが最も効率的だと判断した。

念のため、酒の中には睡眠導入剤を入れる（事前に、医師から処方してもらっていた）。眠りに落ちたら車に乗せ、武石小沢根のコテージまで連れて行く。目覚めたときには第一ステージが開始される。

問題は佐久保が花籠からの誘いに乗ってくれるかどうかであった。おそらくこれだけ嫌っている人間を同席させてはくれまい。ならば一人で遊びに行って、一人で眠りこけてもらう必要がある。ただの飲食店では引きが弱いと判断し、それなりに値の張る有名店をピックアップした。

この店、実は知り合いが運営をしているんです。佐久保さんには日頃からお世話になっていますし、こちらがご迷惑をおかけしてしまったことも多々ございます。こちらのコース料理でよろしければ、ご招待が可能なのですが——

行くかよ馬鹿、というような返答を覚悟していたので、佐久保が想定よりもずっと興味深そうに画面を見つめていたことに驚いた。やがて佐久保は神妙な面持《おもも》ちで店についての蘊蓄《うんちく》を垂れると、お前と行くのは癪《しゃく》だが悪い話ではないなと、奇妙なほどに前向きな姿勢を見せてきた。美食家であったらしい。花籠が同席できない場合は、第三者（店の人間か、あるいはコンパニオン）を買収して睡眠導入剤を酒に混入させようかと考えていた。腹を括って協力者を募ろうとしていた花籠にとってはまさしく僥倖《ぎょうこう》であった。

「じゃあ、二十三日だな」

佐久保の一言により、デスゲームの開催日が決まった。

これが最後の晩餐《ばんさん》になっても、本望なのではないだろうか。

ミシュランガイドにも掲載されている高級料亭をチョイスしたが、噂に違《たが》わぬ名店であった。大皿のメインから、小鉢の一つ一つまで、すべてが唸りたくなるほどの逸品。緊張してまともに食事がとれないのではないかと思っていたのだが、興奮がほどよく食欲を刺激してくれていた。料理を口に運びながら、花籠の頬には自然な笑みが浮かぶ。

睡眠導入剤をビールに混ぜるのは造作もなかった。個室を予約していたので、佐久保が離席した隙を狙えば、それ以上に気を遣うべきものは何もなかった。

いよいよ佐久保が、眠る。

肩を揺すっても、声をかけても、死体のようにだらりとして動かない。深い寝息を立てるだけ。花籠は満面の笑みをどうにか打ち消し、事前に連絡を取りつけていた協力者に電話を入れる。無言で入ってきた男は、花籠に対して小さく会釈をした。

男とはネットの掲示板で知り合った。年齢は十九。免許証も確認したから間違いない。高校を中退したきり定職には就いておらず、実家に寄生しながらその日暮らしを続けているとのことだった。「アルバイトしませんか。日当164、000円。要免許証。力仕事あり」。怪し過ぎると掲示板内では嘲笑ムードが広がったが、愚直に連絡を入れてきたのがこの男だった。ツーブロックに刈り上げられた頭に、無骨な一重まぶた。不良と呼んで差し支えない風体《ふうてい》であったが、瞳の奥には拭いがたい「弱者」の光が燻《くすぶ》っていた。信用できると判断した。花籠は免許証をスマートフォンで撮影させてもらうことを条件に採用を告げ、前金で二万円を渡していた。

アルバイト代が十六万四千円だったのは、それが運営資金の残りであったからだ。これにて、花籠は六百五十万円をすべて使い切った。正直なところ途中で何度か資金が足らなくなり、やむなく給料での補填《ほてん》を行った。本音を言えばもう二百万円ほど使ってギミックのクオリティを高めたかった。しかし終わってみれば、実に見事な資金配分であった。

一文なしになることへの恐怖心はなかった。というより、明日以降のことなど微塵《みじん》も考えることができていなかった。佐久保には見事にゲームをクリアして明日を迎えて欲しいと願いながら、奇妙なことに花籠自身は今日が人生の最終日であるような感慨の中にあった。あるいはあらゆるものが見事に噛み合い、明日からは清々《すがすが》しい人生の第二章が幕を開けるような確信を抱いていた。

今日ですべてが報われる。

協力者の男と一緒に、眠っている佐久保の肩を抱く。会計を済ませて店を出ると、二人がかりで佐久保の体をレンタカーの後部座席に固定する。運転は男に任せ、花籠は自身の軽トラックへと乗り込んだ。

東京を出る。花籠の軽トラックを先導に、二台の車は武石小沢根のコテージに向かって走り出した。思えば、最初に不動産屋とともにコテージを訪れたのは一年以上も前のことになっていた。花籠はミニバンがついてきていることをルームミラーで絶えず確認しながら、涙で視界がぼやけていくのを感じる。

協力者の男は申し分のない手際で任務をこなした。コテージに到着すると、すっかり熟睡状態にあった佐久保の体を車から降ろす。さすがに協力者といえども、コテージの中には入れたくない。玄関の前に予《あらかじ》め用意しておいた台車の上に、佐久保の体を降ろしてもらう。花籠は残りのバイト代を支払い、すぐにレンタカーで帰宅するよう命じた。男は何かを尋ねたそうにしていたが、結局口を開くことはなかった。それが雇われた身として正しい行動であると思ったのかもしれないし、うまく言葉を選べなかっただけかもしれない。

レンタカーのテールランプが山の中から完全に消えると、花籠は何度もシミュレーションを繰り返した動きで、台車を室内へと押し込んだ。未《いま》だ佐久保の寝息に乱れはない。熟睡していることが窺える。

照明をつければ、無菌を思わせる真っ白で無機質な空間の姿が露《あら》わになる。掃除に抜かりはない。塵《ちり》一つとて残していない自信があった。

玄関ホールを抜けると、最初にあるのが第三ステージである「更生の間」。続いてその奥にあるのが第二ステージの「自覚の間」。すり抜けたコテージの最奥部こそが、このゲームのスタート地点である「体験の間」。辿り着くと、花籠は台車を傾けて佐久保の体を床の上へと落とした。少々乱暴な落とし方をしてしまったため目を覚ましてしまうのではと危惧《きぐ》したが、佐久保は引き続き深い呼吸を繰り返している。

花籠は深呼吸をし、すべてのギミックの点検を開始する。まずは液晶モニターとDVDデッキ。毒ガスの発生装置に、漂白剤の噴霧器。問題がないことを確認すると、佐久保の体近くにくだんのDVDを置いてやる。DVDには「PLAY IT.」とだけ書いておいた。当初は「再生しろ」や「デッキに入れてください」というような文言も候補として考えたのだが、英語のほうがより無骨で雰囲気が出ると判断した。

用意しておいたチェック表を使い、「体験の間」に万事問題がないことを再度確認する。すべてのシステムが正常に稼働していることがわかると、花籠は「体験の間」を後にする。「自覚の間」へと抜け出し、扉を閉める。スタンガンのスイッチを入れる。これにてドアノブに電流が流れ出す。「体験の間」には戻れない。

「自覚の間」と「更生の間」も同じように細部の細部までチェックを行い、いよいよ玄関ホールからコントロールルームへと向かう。座布団ではあまりにも味気なかったので、ニトリで本革のソファを購入し、長机も用意した。長机の上には監視カメラの映像と音声がリアルタイムで確認できるタブレットを一台、それからあらゆる遠隔スイッチが管理できるような大きなパネルを用意していた。毒ガスの発生装置用のスイッチ、第二金庫の鍵を開けるスイッチ、スタンガンの電源を落とすスイッチ——すべてを一枚の鉄板にボルトで固定し、決して混同してしまわぬようテプラでラベリングを施してある。

タブレットで「体験の間」を映し出す。これまで幾度となく確認してきた角度の映像であったが、そこに佐久保が寝ているという事実だけで花籠は胸の内が燃え上がりそうな興奮を覚えることができた。笑みが止まらない。今すぐ、少年のように駆け回って騒ぎ出したくなる。本当に始まるのだ。待望のデスゲームが。

花籠はキッチンに冷蔵庫等も持ち込み、食料も充実させていた。ひとまず電子ケトルを用いて一杯のコーヒーをドリップし、長机の上に置いた。時刻は深夜の一時半。眠気覚ましのために淹《い》れたつもりのコーヒーだったが、眠気が訪れる気配はまるでなかった。

花籠は、ただ佐久保が寝ているだけの映像を、飽きずに、いつまでも見続けることができた。佐久保の寝息のリズムが変わっただけで画面に吸い寄せられ、寝返りを打てば小さな歓声を上げてしまった。始まる。始めろ。早く起きろ。そしてＤＶＤをデッキに押し込め。四時になっても佐久保は目覚めなかったが、花籠はまんじりともしなかった。眠気を我慢する必要さえなかった。これまで生きてきた中で、今が最も冴えている。

果たして佐久保の最初のリアクションはどのようなものになるだろう。あらゆる可能性を考え、その度に花籠は吐息を漏らすようにして笑った。驚きが先に来るのか、一足飛びで恐怖に支配されるのか、大声で誰かを呼ぶのか、呼ぶとしたら誰の名前を口走るのか。ただ人が目覚めるのを待っているだけの時間が、狂おしいほどに楽しい。

佐久保が目覚めたのは、早朝五時十八分のことであった。

それまでうつ伏せで寝ていた佐久保はゆっくりと寝返りを打ち、仰向けになったところで、まずは眩《まぶ》しそうに顔を顰《しか》めた。

とうとう起きる。

花籠が確信したと同時に、うっすらと右目から開かれた。遅れて左目も追従する。ぱちぱちと、瞳の絞りを調節するように、短い瞬きが繰り返される。やがて体をねじるような動作を経て、緩慢に上体が起こされる。

起きた。

花籠は気づくと、口元を右手で押さえていた。子を持たない独身の花籠であったが、我が子が初めて二本の足で立つのを目撃する親の気持ちというのは、ひょっとするとこの感覚に酷似しているのではないかと予感した。喜びと感動と、無限と言って仔細《しさい》ない将来に対する未知なる期待。すべてがない交ぜになり、口をついて出てくる言葉は、

「頑張れ」

佐久保は寝ぼけ眼《まなこ》で周囲を見回した。まだ驚かない。眠気の残滓《ざんし》を振り払うように素早く首を振り、両手で顔を拭う。そのまま目のかすみを取るように、目頭を丁寧にこする。満を持して室内を確認し、ここで初めて表情に変化が生まれる。

驚いている。

花籠は声を出して笑ってしまった。コントロールルームと「体験の間」までは壁が二枚ある。おそらく声は届かないはずだが、可能なら人の気配を感じて欲しくなかった。デスゲームは本質的に

孤独だからこそ成立するのだ。静かにしよう。声を殺そう。しかし眼前の光景に笑いが止まらない。

佐久保はゆっくりと立ち上がり、昨日の記憶を探るように「……あれ」と一言だけ零す。そして不安と苛立ちがちょうど半分ずつ同居したような表情で室内を見回す。しかしまだ微妙に眠気が晴れていない。どこかとぼけた表情で、それでも少しでも冷静になろうと腐心しているのが窺える。どれもこれも、初めて見る佐久保の表情であった。

花籠は過呼吸になりそうなほどに笑い転げた。

さあ、ＤＶＤを見つけろ。そして自らの手でゲームの幕を上げろ。

しかし佐久保は足下のＤＶＤには目もくれず、急に焦りが加速したように早歩きで動き出した。向かった先は第二ステージである「自覚の間」へと続く扉。

いけない、順序を間違えている。

花籠は瞬間的に強い失望に包まれたが、すぐに次の展開に釘付《くぎづ》けになった。佐久保が軽率にドアノブに手を伸ばした瞬間、彼の手にはスタンガンの強烈な電流が走り抜ける。同時に大量の漂白剤が眼球めがけて噴霧される。驚いた佐久保は雷に打たれたように大きな叫び声を上げ、両手で目を押さえた。電流を受け止めた指先も押さえている。そしてよろける。逃げるようにしてドアから二歩、三歩退いたところで、滑った。バランスを崩したがうまく受け身を取れず、部屋の隅にあった金庫の角に頭を打ち付けた。そのまま床に倒れ込む。

花籠は最初こそドリフのコントでも見ているような気持ちで笑っていられたが、しばらくすると胸の底から言いようのない不快感が込み上げてくるのを感じた。

違う。まったくもって望んでいた形ではない。

ここから佐久保がDVDを再生したとしても、微妙に情報が前後してしまう。「体験の間」のコンセプトが根底から揺らいでしまう。

花籠は憤った。しかし憤りながらも、後悔しても仕方のないことだと割り切った。一度ズレてしまった計画を再修正することはできない。まだまだギミックは無数に用意されており、佐久保が最終ステージである「更生の間」に辿り着く頃には、序盤にシナリオが乱れたことなど些事《さじ》となっているに違いない。

花籠は改めてタブレットの画面を見つめた。佐久保は、未だに床に倒れ込んだままであった。痛がっている素振りもない。指や頭部の痛みは刹那の苦しみだとしても、目の痛みは時間が経つにつれて増していくものであると思われた。気絶してしまったのだろうか。

こうなると、またしばらく佐久保の覚醒を待たなくてはいけない。

花籠はソファに身を沈めながら、そんなわけがない、と必死に言い聞かせた。一時間が経過し、二時間が経過し、三時間が経過しても佐久保はまったく動かない。頭部の周りには、いつの間にか赤黒い血だまりができている。しかし、そんなわけがない。花籠は貧乏揺すりを堪《こら》えられなくなった。そんなわけがあってたまるものか。

とうとう佐久保が倒れてから、十二時間が経過した。

花籠は眠らなかった。用を足すためにトイレに行く以外は、食事も取らずに画面を見つめ続けた。佐久保の体は微動だにしない。花籠は何度でも自分に言い聞かせた。そんなこと、あるわけがない、と。

花籠はタブレットを操作し、監視カメラ経由で直接語りかけることにした。使うつもりのなかった機能であったが、もはや花籠のなかにある美学はどこかへと吹き飛んでいた。

花籠は叫んだ。ゲームの主催者を装うことも忘れ、花籠徳文としてのありのままの言葉を叫び続けた。起きろ、ＤＶＤを再生しろ、ここからまだ二部屋もステージが用意されている。立ち向かえ、諦めるな、勇気を振り絞って恐怖に立ち向かえ。これからお前には地獄のような試練が待ち構えている。でもくじけるな、最後の最後まで光を目指して歩き続けろ。

「ほんの少しの『辛抱』だ」

しかし佐久保は起き上がらなかった。

花籠はいつまでもいつまでも叫んだ。すべては佐久保が起き上がってゲームを再開するまでの、ほんのちょっとの「辛抱」なのだと、言い聞かせて。

*

# 2 行列のできるクロワッサン

The croissant shop with the long line

*

それは、初めて見る行列であった。

吉祥寺《きちじょうじ》に行列は多い。駅前商店街の和菓子とメンチカツは言わずもがな、西二条《にしにじょう》通りにあるハンバーグ店もここ最近は長蛇の列を作る。その他にも時間帯や人の流れの関係で散発的な行列を作る店は枚挙に暇《いとま》がない。しかしそれは間違いなく、絵美《えみ》が初めて目にする行列であった。

三十代から五十代の女性を中心に、七、八人が狭い路地の端に列を作っている。こんなところに行列はなかった。というより、そもそも店らしいものは何もなかったはず。頻繁に通る道ではなかったが、仮にも絵美は地元住民。自身の住むマンションから歩いて二分もかからない場所に人気店があったとすれば、気づかないはずがなかった。となれば、新店ができたということか。

最後尾側から列を追い越すような形でゆっくりと店に近づく。看板を見つけるよりも先に視界を黄金色《こがね》に染めるようなバターの香りが全身を包んだ。パンだ。直感したと同時に、民家の奥からモン・サン=ミシェルをそのまま二階建てに縮小したような、レンガ造りの小さな小さな西洋建築が姿を現す。入口は窓のない木製扉。外から内部の様子は窺《うかが》い知れない。扉のすぐ横、最も目立つ位置には腕を組んだ白人男性の写真が飾られていた。エルメやマルコリーニよりはもう少し若そうだが、甘く見積っても四十は超えている。名も知らぬ白黒写真の彼は、何かを糾弾するような鋭い眼差《まなざ》しで、絵美のことをじっと見つめていた。

〝Boulangerie IGOR-EDY〟

写真の下、まるで絵画の題名のようにさりげなく記されていた店名は、簡単には読めなかった。しかし立てかけられていた小さな黒板にはカタカナの表記が添えられている。

〝クロワッサン専門店　ブーランジェリー「イゴル・エディ」9月12日オープン〟

オープンはわずか三日前だったのかと驚きながら、絵美は静かな失望の中に溶けていた。このとき、絵美はまさしくパンを求めていた。さらに言うと、パンを買うために化粧をし、パンを買うためにエコバッグを手に持ち、パンを買うために玄関を出ていた。

しかし絵美が求めていたのはクロワッサンではなく、食パンであった。

一家の朝食は必ず食パン。自身と旦那と娘、計三人が毎朝、それぞれ五枚切りの食パンを一切れずつ食べる。十年以上前からの習慣だ。これをある朝、突然クロワッサンにすげ替えたとして、激怒するような者はおそらくいない。中学三年の娘に関しては、洒落《しゃれ》たものが出てきたと喜ぶ可能性すらあった。旦那も、これはこれでいいねと笑って食べてくれるような気がした。

それでも、敢《あ》えて行列に並んでみたくなるほど、絵美はクロワッサンが好きではなかった。揚げものの衣だけを食べているような虚《むな》しさがある一方で、その存在感に見合うとは思えないカロリーを摂取することになる。絵美はどちらかというなら、歯ごたえのある、みっしりとしたパンが好きであった。バゲット、ベーグル、カンパーニュ、そして、身の詰まった食パン。

イゴル・エディがいかほどの店であるのかはわからなかったが、クロワッサン専門店であるのなら、絵美にとってあまり存在価値のある店ではなかった。こんなものが建つくらいなら、いっそ何も建たなくてよかった。そんなことさえ考えた。

絵美はため息もつかずにイゴル・エディの前を通り過ぎると、当初から狙いを定めていたパン屋へと向かった。ショッピングモールの中に入っているテナントであったが、雑誌でも度々取り上げられるれっきとした名店だ。何より食パンの美味《おい》しさを最大の売りにしている。

絵美の求めていた五枚切りは、まさしく最後の一斤《きん》。絵美が買うと、五枚切りのあった場所にはすぐさま完売の札が立てられた。エコバッグの中に滑り込ませた食パンはまだ温かく、静かに立ちのぼる甘い蒸気の影響で透明な袋は控えめに曇り始めている。絵美は一連の出来事すべてに安心感と満足感を覚え、誰にも気づかれない程度の小さな笑みを浮かべた。

再び通りかかったイゴル・エディの前には、なおも行列が続いていた。驚いたのは、先ほど最後尾に並んでいた女性がまだ行列の二番手に甘んじていること。これはひょっとすると、人気ゆえの行列ではなく、オペレーションの悪さがゆえの行列なのかもしれない。開店して間もないなら、さもありそうなことだ。

ますます興味を失した絵美がイゴル・エディに疑いの眼差しを向けると、またしても写真の中の白人男性と目が合った。彫りの深い彼はやはり絵美のことをどこか挑発するように、極めて重大な命題を投げかけるような目つきで、じっと見つめていた。

嫌いではない。だが、パンもクロワッサンもこの街ではすでに飽和状態。別のお店ができてくれればよかったのに。

ふじの会におけるリーダー的な存在であった綾子《あやこ》がそう言ってくれると、絵美は思わず大きな頷《うなず》きを返した。その他のメンバーも彼女の指摘に賛同し、うんうんと眉間に皺《しわ》を寄せながら深刻そうに何度も頷いた。

随分と硬派な名前がついていたが、ふじの会とはつまるところ、近所の友人同士の集まりであった。メンバーは絵美を含めて五人。全員同じ小学校に通う同学年の子供を持っていたことから交流が始まり、気づけば五年の付き合いになる。どうせなら、この集いにも何か名前が欲しいよね。おそらくは綾子の提案をきっかけにグループ名をつけることが決まり、誰かが口にした「ふじの会」という名前が採用された。由来は覚えていない。ただ、上品でいいじゃないという綾子の一言で決まったことだけは間違いなく記憶していた。彼女たちは定期的に近隣のカフェに集まり、様々な話題に花を咲かせていた。ある日は二組の担任教師が特定の生徒をえこ贔屓《ひいき》していることについて、ある日は意外なものがフリマアプリで高額で売れるということについて、そしてこの日は、絵美が先日見つけたばかりのクロワッサン専門店、イゴル・エディについて。

綾子はちょっと待ってと口にしてからティーカップをソーサーへと戻し、険しい表情で指を折り始めた。果たしてこの吉祥寺には、何軒のパン屋が存在しているのだろう。大正《たいしょう》通り近くの人気店、サンロードにあるドイツパンの名店、駅のすぐ目の前にあるコッペパンの専門店。両手の指をすべて曲げ終えると、綾子はほとんど忌々《いまいま》しいといった様子で首を横に振り、呆《あき》れたようにカウントを中断した。

この街にはこんなにも素晴らしいパン屋が無数にある。新店などもはや必要がない。

綾子の言葉に、その通り、と別のメンバーが同調した。クロワッサンに関しては、すでに井《い》の頭《かしら》公園のほうに名店が存在している。しかもあの店ならほとんどの時間で並ばずに買うことができる。イゴル・エディという店名にも、職人の名前にも、まったく聞き覚えがない。どんな味なのかもわからない新店に並ぶ必要など、これっぽっちもないのだ。

さらに絵美が行列の進み方が極めて遅かったことを付言すると、ふじの会の全員が答えを見つけたとばかりに苦い顔を作った。それから五人はしばらく、この街を知り尽くしている人間であるならば、いったいどこでパンを買うべきなのかを楽しく議論した。味、値段、立地、営業時間、そして、行列の長さ。様々な角度から様々な意見が飛び出したが、謎の新店に向かうべき理由は、ついにひとつも見出《みいだ》せなかった。

丁寧に端数まで五人で割って勘定し、いよいよ店を出ようかというところで、そうだ、と、綾子がいかにも楽しそうに目を細めた。どうせなら、少し行列を覗《のぞ》きに行ってみましょうよ。

木曜日の午後二時四十分。それはちょうど、絵美が前回通りかかったときと同様の時間帯であった。どうだろう、すでに行列は消滅しているのではないだろうか。漠然とそんな予感を胸にイゴル・エディへと向かった絵美は、予想外の光景にしばし目を瞬《しばたた》かせた。消滅しているどころか、行列は延びていた。

前回は十人に満たなかったと記憶していたが、現在はぱっと見ただけでも二十人以上を確認できた。店の隣にある民家の入口が、今では行列のせいで完全に塞がれている。前回もこのくらい並んでいたのと尋ねられ、いや、もう少し短かったはずと答えながら、絵美は胸に小さなざわめきが起ころのを感じていた。大事な忘れ物に気づきかけているような冷たい違和感、あるいはどこか気まずいような、意地を張って知ったかぶりをしてしまったときのような、名状しがたい、居心地の悪さ。しかし綾子が意地悪そうに笑ってくれると、乱れかけていた心は緩やかに凪《な》いでいった。

どうしてこんなお店に並びたがるんだろうね。

絵美は笑い返す。白人男性の写真は、意識的に見ないことにした。

そこからしばらく、クロワッサン、あるいはイゴル・エディの存在は、絵美の生活の中からすっかり姿を消した。

特に強い忌避感があったわけではないが、例の通りからは自然と足が遠のいた。絵美は現在のところ専業主婦。娘が高校生になったら再就職をという漠然とした目標はあったが、まだ具体的な行動は起こしていない。しかしだからといって、彼女の日常に時間的な余裕はなかった。家事を一手に引き受けており、さらには中学生の娘がいる。絵美の時間と心の余裕は、容赦ないほど乱暴に、日々の雑事の中に呑《の》まれていった。買うつもりもなければ食べてみたいとも思えないクロワッサンについて、意味もなく思いを馳《は》せる時間などあるはずもない。

参考書が欲しいから、一緒に本屋に行って欲しい。

娘に頼まれれば、共に出かけないわけにはいかない。夕飯の支度を一時中断し、エプロンを外して財布を摑《つか》む。近隣で一番大きな書店へと向かうと、娘は参考書のコーナーで棚とにらみ合いを始めた。すぐには決まらなそうだと判断して十分ほど適当な雑誌を眺めてから戻ると、娘は日本全国にある通信制高校が網羅的に紹介されているムック本を読み込んでいた。

何なの、それ。

微《かす》かな不安を胸に尋ねると、娘は一瞬だけうろたえる素振りを見せたが、やがて覚悟を決めたように絵美のことをまっすぐに見つめた。その変わり身があまりにも鮮やかだったので、絵美はすぐさま、なるほど、今日の参考書探しはこれを打ち明けるためにセッティングされていたのだなと理解する。

お母さん。私、この高校に通いたい。

絵美がムック本を受けとるやいなや、娘はまくし立てるように志望している通信制高校がいかに素晴らしいかを説き始めた。お母さんの世代だと、通信制は落ちこぼれの行く学校というイメージが強いかもしれない。でも、ここはそうじゃない。デジタル方面に強い才能を育むために最先端の技術が駆使され、一人一人の個性を伸ばすための理想的な学習環境が整っている。もちろん普通の高校と同じように、きちんと大学に進学するための資格も得られる。確かに一般的ではないかもしれないし、すぐには受け容《い》れられないかもしれない。でもここはとてもいい高校なの。

おそらく何度か練習してきた台詞《せりふ》なのだろう。流れるような説明はかえって聞き取りにくく、そしてどこか詐欺電話に耳を傾けているような警戒心を煽られる。それでもなるべくフラットな心で娘の思いを聞き届けなければなるまい。絵美は口をぎゅっときつく結び、覚悟を決めてムック本を捲《めく》った。何よりも先に目に飛び込んできたのは、登校日はわずか年に五日間という文字だった。学校に通わずオンラインだけで完結する授業。Zoomで行われる進路相談。プログラミングの腕を競う独自のバーチャル文化祭。絵美は自身の頬がみるみる強《こわ》ばっていくのを感じ、やがてVRを用いたオンライン修学旅行という文言を見た瞬間、確信に至った。

これは、違う。

確かに絵美の娘は、どちらかと言えば内向的な人間であった。家に友人を招くようなことは稀《まれ》で、部活にも属さず、日中はそのほとんどの時間をアニメや動画鑑賞にあてている。そのことを殊更《ことさら》に咎《とが》めるべきとは、思わなかった。誰にでも向き不向きはあり、かく言う絵美も交友関係は決して広くない。人間関係や、社会との折衝に面倒くささを感じる瞬間は多々ある。それでも、このような通信制の高校に逃げるのは何かが決定的に、根本的に、致命的に、間違っているに違いない。

絶対に、間違っている。

絵美はムック本と数冊の参考書の購入は許したが、通信制高校入学には断固として反対の意を表明した。娘は目を赤らめ洟《はな》を啜《すす》り出したものの、ヒステリックに喚《わめ》き散《ち》らすことはしなかった。絵美が反対することを予《あらかじ》め想定できていたのかもしれないし、今後まだ説得の余地があるという打算を胸に潜ませているのかもしれない。いずれにしても、即座に志望校の変更を決意したわけではなさそうであった。口元には悔しさこそ滲《にじ》んでいるものの、諦めの脱力感はない。

果たして、どのような言葉を選べば、娘は親の真意を理解してくれるのだろう。

二人は重たい空気を伴いながら店を出ると、ついでに馴染みの喫茶店でティーバッグを買うことに決める。会話もないまま愛飲している紅茶を購入し、帰宅するために井の頭公園の中を五分ほど歩き続けていると、絵美は不意に、あれ、と、思わず声を出しそうになった。

視界の先に、見慣れぬ行列が現れたからだ。またしてもどこかに新店ができたのかもしれない。綾子たちはすでにこの行列の情報を知っているだろうか。万が一、またもや新たなクロワッサン専門店が出現したのなら傑作だなどと考えながら、絵美は当然の帰結として行列の先に何があるのか知りたくなった。最初は女性ばかりだと思っていたのだが、よくよく観察してみると四割ほどは男性も並んでいることに気づく。娘も謎の行列が気になるようで、ちらちらと前方を窺っていた。

先頭まで行ってみようか。

共通の目的意識が生まれると、二人の間に走っていた緊張もいくらか緩和された。なんだろうねと互いに言葉を零《こぼ》しながら、行列に沿うようにして歩き出す。この角を曲がればおそらく先頭が見えるはず。そんな予感を二度ほど裏切られながら、気づくと二人は百メートル以上の距離を歩いていた。

とんでもなく長い行列だ。

駐輪場の脇を抜け、総武《そうぶ》線の高架下をくぐり、西三条《にしさんじょう》通りに入ったところで、絵美は寒気のする可能性に鳥肌を立てた。そんな、まさか。信じられない思いが、無意識のうちに絵美の足の動きを加速させる。とうとう娘が小走りをしなければ追いつけなくなったとき、ようやく絵美は先頭に辿《たど》り着く。絵美は息を呑み、娘はここだったんだと、感心したような声を漏らした。

列の先にあったのは、小さな西洋建築。

クロワッサン専門店、イゴル・エディ。

あれはちょっと口では説明できない。でもとにかく、凄《すご》かった。

綾子はその味を形容する言葉をどうにか探そうと目を閉じていたが、やがて何も言葉が出てこないことこそが答えだと言わんばかりに、開き直ったような笑みを見せた。そして思い出の味を確かめるように、深く、三度も頷いた。

驚くべきことに、前回の集まりの三日後。綾子はふじの会のメンバーではない別の友人と共に、イゴル・エディの行列に並んでいた。その友人はすでにイゴル・エディのクロワッサンを食べたことがあるらしく、絶対に後悔させないから一緒に並んで欲しいと綾子に頼み込んだ。綾子はさすがに躊躇《ためら》った。前回の集まりでも確認し合ったように、クロワッサンの新店にはどうしても興味が持てない。ましてや、ふじの会では散々イゴル・エディを否定するような発言をしてしまった。こんなタイミングで行列に並ぶのは、いかがなものか。しかし最後は友人の熱意に押し負けた。とにかく、並べばすべてが、わかるから。綾子が並んだ時間は、およそ一時間と二十分。

どうだった。

ふじの会のメンバーから飛び出した当たり前の質問に、しかし綾子はうまく答えることができない。ひたすら、信じられない、と、凄い、を繰り返すばかり。これまでのクロワッサンとは、何もかもがまったくもって別物であると断言しながら、何がどう違うのかは教えてくれない。香りなのかな、深みなのかな、形もまあ、かなり違うんだけれど。綾子は適切な表現を探そうとはしてくれるのだが、ある一定まで沈黙が続くと、諦めたようににやりと笑い出してしまう。そしてごめんねと前置きしてから、うっすらと勝者の余裕を漂わせた上で一言、あれは、食べた人にしかわからないよ。

優越感に酔っている側面もありそうではあったが、本当にうまく言葉を見つけることができないふうでもあった。

結局、絵美たちは綾子からイゴル・エディに関する情報をほとんど何も聞き出すことができなかった。店内の雰囲気、クロワッサンの形、味、色、香り、値段。何一つ綾子は教えてくれない。唯一わかったのは、店で買い物をした人は全員、特製のエコバッグをもらえるということだった。最近は私、これで外出しちゃうんだと言って、綾子はエコバッグを見せてくれた。

何の変哲もない布製の黒いバッグなのだが、真っ白い文字で堂々と書かれた〝IGOR-EDY〟のロゴが、絶妙な上品さを漂わせている。独特のシャープなフォントも相まって、確かに恰好《かっこ》いい。

会がお開きになると、絵美はメンバー最年少である麻紀子《まきこ》と共に帰路に就いた。麻紀子はカフェの中では愛想よく振る舞っていたが、綾子の姿が通りの陰に消えてしまうと、途端に顔を顰《しか》めた。

そして、何だかがっかりだよねと言ってから、ふっと鼻から息を吐いた。

クロワッサンをちょこっと食べただけで、あんなにも偉そうになっちゃって。綾子さんらしいといえば、らしいのかもしれないけど。

我慢しようと思ったのだが、絵美は思わず噴き出してしまった。麻紀子のくさし方が絶妙だったというのもあるが、それ以上に強い安心感が笑みへと変換されてしまった。

それがどれだけの絶品であったのだとしても、やはり絵美はクロワッサンという食品に対してそもそも強い興味を惹《ひ》かれなかった。面と向かって並ぼうよと言われたら断れなかったかもしれないが、実際のところ仮に世界一美味しいクロワッサンが食べられるのだとしても、一時間以上並んでもいいとは到底思えない。

私、もう決めたよ。あそこのクロワッサン、死んでも食べない。そもそも行列が続くのなんて最初の数週間だけ。どうせあっという間に誰も並ばなくなるんだから。

麻紀子の口ぶりは、いっそ痛快であった。

絵美は同意の言葉こそ口にしなかったが、心の中でうんうんと安堵《あんど》の頷きを繰り返した。その通りに違いない。どんな朝にも必ず黄昏《たそがれ》が訪れるように、行列にもやがて陰りが見えるに違いない、と。


しかし行列は、終わらなかった。

ふじの会のメンバーと集まった週の土曜日。何気なくつけていた朝の情報番組から、思いもかけず行列の続報がもたらされた。吉祥寺にできた新名店、イゴル・エディのクロワッサンがすごい。延びに延びた行列は現在六キロメートル。

見間違いではないかと目を疑ったが、何も間違ってはいなかった。

現在の行列は、六キロメートル。

絵美は画面に釘付《くぎづ》けになったまま、言葉を失った。

番組では行列の長さを紹介すべく、女性リポーターが列の先頭から最後尾を目指して歩き出す。無論映像は早送り。同時に画面の左半分に吉祥寺周辺の地図が表示され、行列がどのようなルートを辿って延び続けているのかを、女性リポーターの現在地とリンクして説明していた。西三条通りから延びていた行列は井の頭公園を抜け、三鷹《みたか》の森ジブリ美術館の脇を通ってそのまま南下。都道114号と14号が交わるポイントでようやく西に折れると、そこから神代《じんだい》植物公園を目指すように細い道を曲がりに曲がる。

現在の行列の最後尾は、都道12号の深大寺《じんだいじ》入口交差点前。

もちろんすでに最寄り駅は吉祥寺ではない。どこの駅からも微妙に距離があって歩きづらいが、強いていうなら一番近いのは調布《ちょうふ》駅。

職場の人が言ってたクロワッサンって、これのことか。

寝間着姿のままコーヒーを飲んでいた旦那がどこか呆《ほう》けた声で呟《つぶや》くと、退屈そうにスマートフォンをいじっていた娘もにわかに食いつく。ここのクロワッサンって、本当に美味しいのかな。旦那は眠そうに首を傾《かし》げながら、味はわからないが、職場の同僚は奥さんに依頼してすでに四回も並んでもらっていることを話した。絵美は、二人がよもやまさか今から並びに行こうよと口にしないか不安で仕方なかったのだが、営業は平日のみであることがテロップで紹介されるとほっと胸を撫《な》で下ろした。貴重な休日を、得体のしれないクロワッサンのために消費されては堪《たま》らない。どれだけの人が、どのような言葉を使って褒《ほ》め称《たた》えようとも、どうせクロワッサンはクロワッサンなのだ。

絵美はふと思い立って食器を拭いていた手を止めると、カウンターキッチン越しではなく、リビングに立ってテレビを観ることに決めた。俄然《がぜん》興味が湧いたからではなく、綾子があれだけ褒めちぎっていたクロワッサンの見た目を確認したくなったからだ。果たしてどれだけ奇抜な形をしているのだろう。テレビで特集が組まれているのだから、きっとタレントなりリポーターなりが試食するに違いない。確信は強かったので、一向にクロワッサンの現物が登場しないことに、絵美は戸惑った。不可解な番組構成だ。すると絵美に向かって謝罪するように、やがてリポーターが申し訳なさそうに頭を下げた。

クロワッサンは購入したときに初めて対面して驚いて欲しいというのが、創業者のイゴル・エディさんのご意向で、今回はクロワッサン自体の取材はＮＧとなってしまいました。その代わりに、行列に並ぶ際のアドバイスをさせていただきます。

時季を考えると日傘は必須で、こまめな水分補給も忘れてはいけない。少々肝の据わった人はスクーターに跨《また》がったまま行列に並んでいるという情報がもたらされ、そのままＶＴＲは終了。映像はすぐさまスタジオへと戻される。

一体全体、なんて不完全な報道なのだろう。絵美は不満を抱いたが、もとを正せば興味のないクロワッサンを扱う、興味のないパン屋に関する、興味のない情報であった。どうでもいいといえば、どうでもいい。このますんなりと特集が終わっていれば、いつも通りの土曜日を過ごすことができたはずだった。絵美の心に思いもかけない引っかかりを生み出したのは、番組の司会者が次のコーナーに移る直前にさらりと口にした、ささやかな一言。

すでに行ったよという方ばかりだとは思いますが、リピートされる際にはぜひ行列の並び方、参考にしてみてください。それでは続いてのコーナーです。

絵美はリビングに棒立ちになったまま数秒、無言で言葉を吟味《ぎんみ》した。すでに行ったよという方ばかりだとは思いますが。司会の男性は間違いなくそう口にした。おそらくは全国で放送されているであろうテレビ番組の司会者が、間違いなくそう口にしたのだ。

絵美はこのとき初めて、明確な焦りを覚えた。やはり冷静に考えてみて、クロワッサンに興味はない。それなのに、どうしてだろう。絵美は数分前まではまったくもって考えもしなかった妄想が、蔦《つた》が伸びるようにして脳に絡みついてくるのを感じていた。初めて行列に遭遇したあの日の光景を思い出し、ふと、たらればを紡いでみる。あのとき、行列はまだ十人に満たなかった。長さは二十メートルもない。それが今は、六キロメートル。

もしもあのとき、並ぶことができていれば。

考えてすぐに、絵美は何を馬鹿なと自分を疑った。どうしてあんなものを手に入れなければいけない。いったい何を後悔しているのだろう。腹の奥に広がり始めた灰色の靄《もや》を振り払い、絵美は予定通り家族三人での昼食に出かけることにした。美味しいものを食べれば多少は気も晴れるはず。楽観していたのだが、外に出て数分もしないうちに絵美は暗澹《あんたん》たる気持ちに包まれた。

道行くほとんどの人々が、黒いエコバッグを肩から提げていたからだ。

十二分に予想できていたことであったが、絵美と麻紀子を除いたふじの会のメンバー全員が、すでにイゴル・エディのクロワッサンを食べていた。二日前、彼女たちは示し合わせて行列に並んだらしい。三人は絵美と麻紀子の存在を忘れたように、イゴル・エディのクロワッサンが旧来のそれとはいかに一線を画しているのか熱心に語り合っていた。綾子さんのリアクションが、今ならよくわかる。あれはもはやクロワッサンではないのだけれども、間違いなくクロワッサンなのだ。

　絵美と麻紀子を仲間はずれにして楽しもうというような、意地の悪い魂胆は微塵《みじん》も感じられなかった。三人はひたすら純粋に、あの衝撃的な体験をどうにか共有したいと切望し、必死になって言葉を探していた。食感がまず違う。香りもシンプルなバターのようなのだけれども、やっぱりどこか違う。形に関しては絵に描くことすら難しい。

　盛り上がる三人の脇で三時間、絵美と麻紀子は愛想笑いを浮かべ続けた。

　まさか絵美さん、食べてもいいかななんて、思ってないよね。

　帰り道で麻紀子に尋ねられ、絵美は膝から崩れ落ちそうなほどに安堵した。麻紀子だけは、こちら側でいてくれる。もちろん食べるつもりなど毛頭ないことを伝えると、麻紀子はつまらなそうに何かを睨《にら》みつけた。彼女の視線の先にいたのは一組の老夫婦で、彼らは揃《そろ》って黒いエコバッグを肩から提げていた。記されているロゴはもちろん〝IGOR-EDY〟。

　みんな、どうかしてる。

だよね、そうだよねと麻紀子の両肩を摑んでみっともなく尋ねたいくらいに、絵美の胸は張り裂けそうであった。しかし絵美は平静を装った。どうしてクロワッサンごときにここまで心をかき乱されなくてはいけないのだろう。まったくもって麻紀子の言う通りだ。

　本当にみんな、どうかしている。

行列の長さがフルマラソンの距離である四十二・一九五キロを超えたという報道があったのは、その二週間後、十月八日のことだった。絵美が観測できた限り、民放三局が朝昼夜のニュースで、それぞれしっかりと時間を割いて紹介していた。

ひたすら南下を続けた行列は京王《けいおう》線を軽々とまたぎ、多摩川《たまがわ》を渡って稲城《いなぎ》市へ。京王相模原《さがみはら》線若葉台《わかばだい》駅から小田急《おだきゅう》多摩《たま》線黒川《くろかわ》駅を繋《つな》げるように南南西へと進み、進み、進み、気づけば町田《まちだ》市も通り越して神奈川県に到達。現在の最後尾は小田急小田原《おだわら》線の愛甲石田《あいこういしだ》駅。絵美にとっては、ああ、あの辺りか、と、イメージすることすら難しい耳慣れない地名だった。

もはや、行列に並んだとして当日中にクロワッサンを購入することはかなわない。イゴル・エディの営業時間は平日の午前八時から午後七時まで。販売が続いている十一時間は行列もじりじりとは進むが、営業が終了すれば列の動きも止まる。並んでいた人は、自身がそのとき立っていた地点で一夜を明かす必要に迫られる。ある人はスマートフォンをいじり続け、ある人は酒盛りを始め、ある人は潔く地べたに寝転んで睡眠をとり、ある人は日が昇るまで星を眺め続けた。

ニュースが言わんとしているのは、クロワッサンがとても美味しいということでも、人気なのでぜひ行ってみたらいいということでもなく、ただ行列の長さが切りのいいところに達したという、それだけのことであった。まるで桜前線。絵美は報道を目にする度、そっと唇を噛《か》んだ。ある番組では女性キャスターが、行列は長いが並ばないわけにはいかないですよねと諦めたような顔をし、男性キャスターも参ったようにあのクロワッサンは素晴らしいですからねと笑った。

絵美はこれ以上、どのような種類のどのような形の情報であったとしても、イゴル・エディに関する話に耳を傾けたくなかった。ニュースが流れた瞬間、思い切ってチャンネルを変えてしまおうか。考えたが実行に移さなかったのは、それこそが最もクロワッサンに振り回されている醜いあがきに他ならないと感じたからだ。ぐっと奥歯だけを食いしばり、何もないふうを装って家事を続けた。

夜のニュースの時間帯は、旦那も娘もリビングにいた。しかし幸いにして二人ともテレビには関心を払っていない様子だった。意外なことに、そしてありがたいことに、絵美の家族たちはクロワッサンに対して格別の興味は抱いていなかった。何度かクロワッサンに言及する局面はあったのだが、ついに一度も食べたいと口にしたことはなかった。絵美は二人の気が変わらないことを祈りながら、ひたすら朝の食卓に食パンを並べ続けた。もちろん食パンは、ショッピングモールに入っている名店の品。どんな曜日のどんな朝も、変わらずに同じ食パン。食パンの味はもちろんまったく変わっていなかった。しっかりとした歯ごたえがあり、噛む度に強い弾力が優しい甘さをじんわりと引き立たせてくれる。文句なく美味しい。それでも、振り返ってみると、どうだろう。

絵美は最近、あの店の食パンが売り切れているところを、見ていないことに気づく。

絵美はこの頃から、スーパーでもコンビニでも、DEAN & DELUCAのエコバッグを使うようになった。

これまで絵美が使っていたのは、どのような経緯で手に入れたのかも覚えていない薄緑色をしたエコバッグだったのだが、取り出す度に店員から奇異の目で見られるようになった。

そちらのバッグにお詰めして、よろしいですか。

尋ねる口調にどこか憐憫《れんびん》の匂いを嗅ぎ取ったとき、絵美はこれ以上このバッグは使えないと判断した。今や、イゴル・エディのバッグを持っていない人間は一種の異常者であり、れっきとした弱者なのだ。どうしてイゴル・エディの黒いエコバッグを使わないのだろう。何か特殊な事情があるのか、あるいは何かしら強い思想を持った、極めて偏った人間なのだろうか。買い物をする度に無用な心労に悩まされることに嫌気がさした絵美は、一計を案じる必要に迫られていた。どうすればいい。

もちろんイゴル・エディのバッグは簡単には入手できない。それならばと、絵美はまだかろうじて市民権を失っていない有名店のエコバッグを使用することに決めた。絵美の見立てではDEAN & DELUCAと紀ノ国屋のエコバッグだけは未《いま》だ存在を許されていた。あれを買おう。さすがにDEAN & DELUCAのバッグを見て驚く店員は一人もいなかった。しかしひょっとしたら今日こそは、今日からは、今日あたりから、何かを言われるのではないか。意味もなく怯《おび》える日々が一日、また一日と積み重なっていくと、心は紙やすりで削られるようにして少しずつ摩耗していった。

そんな窮屈さが、明確な苦しみへと変化してしまったのは、十一月最初の日曜日。

変わらずふじの会の集まりは定期的に開催されていた。仲間はずれにされるようなこともなければ、自ら進んで欠席するようなこともなかったが、居心地の悪さは隠しようもなかった。常にクロワッサンが議論の中心に居座っていたわけではない。それでもどのような話題から始まったとしても、まるで見えない流砂に飲み込まれていくようにして、話題はクロワッサンの重力に吸い寄せられていった。それってまるで、あのクロワッサンみたいだね。それを言うならイゴル・エディさんだってそうじゃない。どうせなら服も、あのエコバッグのデザインに合わせたくなってきてね。

絵美は徐々に、理由をつけて会を早めに抜けるのが得意になっていた。用事が、子供の習い事が、今日は実家に。絵美が立ち上がると、決まって麻紀子も席を立ってくれた。絵美は二人きりになると、遠慮なくクロワッサンの悪口を吐き出した。麻紀子は絵美よりもさらに汚い言葉でイゴル・エディのことをなじった。そして大いに笑った。

ふじの会のメンバーのことを嫌いになったわけではない。しかし今の絵美にとって、麻紀子の存在は他のメンバーとは比べようもないくらい特別であった。麻紀子もまた、絵美のことを同じように感じてくれているような気がした。これから何があろうとも、たぶんこの二人の関係だけは、永《えい》劫《ごう》不変に違いない。

この日曜日、絵美はいつもよりかなり早めにふじの会を切り上げた。麻紀子と連れ立って中座し、自宅へと戻る。旦那と娘には二時間ほど遅い帰宅時間を伝えていたのが、仇《あだ》となった。ただいまと、大きな声を出しながら玄関を開けたつもりだったが、リビングにいた二人には届いていなかった。

わかるよ。お父さんだって同じ気持ちさ。でもね、お母さんを困らせちゃ駄目だよ。

漏れ聞こえた声に、リビングへと続くノブを摑む手が止まった。二人は、とても深刻そうな声音《こわね》で何かを話し合っている。私を困らせるとはどういう意味だろう。脳を最大速力で働かせていると、娘のすすり泣きが聞こえてきた。その瞬間、朧《おぼろ》気《げ》ながら絵美の頭には一つの答えが浮かび上がった。

進路か。

参考書を買いに行って以来、議題にあげることを避けていたが、棚上げにし続けていい問題ではなかった。果たして、どのタイミングで入室しようか。もう一度ただいまを言い直してから入室したほうがいいのでは。そんなことを考えていたのだが、絵美はまもなく自身がとんでもない勘違いをしていたことに気づく。

もうこれ以上、学校でクロワッサンを食べたふり、続けられないよ。

絵美はドアノブからするりと手を放すと、この世界から音という概念がなくなったのかと錯覚するほど静かに、滑らかに、速やかに、玄関の外に出ることができた。降りてきたばかりのエレベーターに体を滑り込ませ、一階を目指して降下する。動揺することに忙しく、事態を整理できない。冷静になろうとすればするほどに思考が絡まっていく。吉祥寺の街をあてもなく五分ほど歩いたあたりで、ようやく二人の会話の骨格が摑めてきた。見えてきた結論は実に単純であったが、これ以上ないほどに絵美の心を残酷に揺さぶった。旦那も娘も、クロワッサンを食べたいと願っていた。しかし二人はそんな要望を、敢えて口にしないようにしていたのだ。

仮に食べたいと口にしたら、誰かが行列に並ぶことになる。イゴル・エディの営業は平日のみ。学校のある娘と、土日しか休めない旦那は並べない。となれば、消去法的に絵美が行列に並ばざるを得なくなる。二人は、気を遣い続けていただけなのだ。食べてみたいと願いながら、どんな味なのだろうと夢想しながら、絵美のことを思って本心を隠し続けていたのだ。

それから絵美はたっぷり三時間、外で時間を潰してから家に戻った。努めていつも通りに振る舞ったつもりだったが、自分で作った夕飯をついに一口も食べることができなかった。体調を気遣う旦那に問題ないことを伝えると、折悪《おりあ》しくテレビからはクロワッサンの話題が流れてくる。そういえばこの間、イゴル・エディの行列に並んだんですけど。バラエティ番組に出演していたとある俳優が、何日か前のエピソードを語り始める。真相を知ってしまえば、リビングの光景は異様だった。それまでテレビを観ていたはずの旦那も娘も、まるで成人向けの映像から目を逸《そ》らすように、それぞれスマートフォンを見つめ始めた。

　絵美の中で、何かが限界に近づいていた。

　吉祥寺で生きている限り、イゴル・エディの行列を見ずに過ごすことは、ほとんど不可能に近かった。行き先によってはどうしたって人波が視界に入り、ひどいときには並んでいる人に頭を下げ、列の間をすり抜けさせてもらわなければならない。さすがに行列を見る度に邪魔だ不快だと眉間に皺を寄せていては心がもたなかった。どれだけ見たくないと思っているものであっても、執拗《しつよう》に見せつけられれば耐性もついてくる。さすがの絵美も行列に遭遇することには慣れてきたと、思っていた。

　絵美はこの日、壊れた。

　最初は、空目だと思った。こんなにも馬鹿なことが、あるわけない。数回瞬《まばた》きしたら晴れる蜃《しん》気楼《きろう》だと思っていたので、目の前の現実が文字通りの現実であることをなかなか受け容れられなかった。似合わない無骨なリュックを背負い、足下にはキャリーカート。サングラスをかけているのは、あるいは変装のつもりなのだろうか。行列の中でどこか居心地が悪そうに、きょろきょろと周囲を見回している彼女は、他でもない。

麻紀子だ。

絵美は瞳にじんわりと涙が浮かんでくるのを感じていた。彼女だけは、大丈夫。頑《かたく》なに信じていた唯一の希望に裏切られた。無論、麻紀子が並んでいるという事実だけでも尋常ならざる衝撃だったのだが、絵美はそれ以上に、麻紀子が肩から黒いエコバッグを提げていたことに心を破壊されていた。

彼女はこれまで少なくとも一度、行列に並んだことがある。

絵美は麻紀子に姿を確認される前に、慌てて踵《きびす》を返した。そして逃げるようにして部屋に戻り、誰もいないリビングのソファに蹲《うずくま》った。胎児のように体を丸め、熱を帯びていく目頭の疼《うず》きに耳を澄ます。

絵美は取り返しがつかないほどの惨めさに包まれながら、自身がいつの間にか三十年近く前の記憶にトリップしていることに気づいた。あれはまだ、絵美が処女だった高校二年生の夏。とうの昔、思い出の砂の深く深くに埋没していたと思われた青々とした感慨が、いつの間にか胸の中心にすとんと、極々自然に、置いてある。

昨日、卒業しちゃった。

仲のよかった友人グループの一人が照れくさそうに、だけれどもどこか誇らしげに告白すると、絵美たちは黄色い声を上げて彼女を囃《はや》し立《た》てた。交際してひと月経《た》った彼氏が、初めて自宅に遊びに来ることになった。両親はいない。そういうことになるのかなと予感していたが、まさしくそういうことになった。絵美は両者初体験同士のうぶな営みの一部始終を、頬から指の先まで真っ赤に染め上げながら、夢中になって聞き届けた。聞いている最中は、まるで酒に酔ったように頭がくらくらした。羨ましいような気持ちも確かにあった。しかし、どこか彼女のことを下に見ている自分がいたのも事実であった。なんて軽率で、破廉恥で、下品なのだろう。彼女の交際相手である男子生徒の顔を知っていたのもよくなかった。お世辞にも恰好よくはない。賢くもなければスポーツが得意ということもない。あんな男と、どうしてそんなにも思い切った真似《まね》ができてしまったのだろう。

あの話、すごかったね。

下校時、とある友人と二人きりになった絵美は、彼女の反応を探るように口にしてみた。友人は不自然な沈黙を作ってから、一言、そうだね、と零した。その反応に何か含むところを感じた絵美がどうしたのと尋ねると、友人は絶対に、絶対に、絶対に内緒ねと言ってから、小声で白状した。

私、けっこう前から、したことある。

刹那《せつな》、青空が爆発的な速度で伸び上がり、そのまま宇宙の彼方まで吹き飛んでいってしまったような、圧倒的な孤独が襲ってきた。さすがに、クラスの女子生徒全員にインタビューして回るようなことはしなかった。しかし一度妄想してしまうと、それがいかに馬鹿馬鹿しい仮説であったとしても、簡単には頭の外へと追い出せなくなってくる。

実は、この学校で処女なのは、私だけなのではないだろうか。

絵美は自室の本棚にしまってあったアルバムを引っ張り出し、校外学習の際に撮影したクラスの集合写真を眺めてみた。客観的に、そして厳しめに見るんだぞと言い聞かせながら精査してみたが、自身の容姿が平均以下であるとは思えなかった。アイドルや女優にはなれないかもしれない。それでも、見た目で大きな出遅れはしていないはず。大丈夫。そんなこと、あるはずがない。何度も何度も自己暗示をかけ続けた絵美だったが、自身を包み込んだ悪しき妄想はあまりにも暴力的で、あまりにも強大であった。

私以外は全員、すでに男性を経験しているに違いない。

夜まで学習塾のあった娘よりも先に、仕事を終えた旦那が帰ってきた。

気づかれまいと思っていたのだが、さすがに絵美は取り乱しすぎていた。旦那はすぐさま異変に気づくと、絵美のことをソファに座らせた。そして何も言わず、何も尋ねず、ひたすら小一時間、絵美の背中をゆっくりとさすり続けた。

並ばなくても大丈夫だよ。

旦那が絵美の悩みのすべてを見透かしていることに、狂おしいほどの安心感と、暴れ出したくなるほどの羞恥心を覚えた。少し遅れて、簡単に解決できる問題だと侮《あなど》らないで欲しいと叫びたくなる反発心がわっと胸を熱くした。しかし絵美は黙っていた。細かなことを考えるには、絵美はあまりにも疲れすぎていた。口に出すべき言葉も、自分がとるべき行動もわからない。

人生の形はそれぞれだよ。旦那はそう、続けた。

クロワッサンの人気は確かに凄《すさ》まじいものがある。きっと美味しいのだろうと思う。だけれども、何かを犠牲にしてまで手に入れるようなものではない。世の中には色々な人がいる。芸術のよさを理解できない人がいて、肉食を拒む人がいて、他人と上手にコミュニケーションをとれない人がいる。彼らは欠落した人たちであると切って捨てるのは簡単だが、それをこそ個性だと認めて愛することこそが、あるべき人間の姿であるように思う。僕らはきっと、クロワッサンがなくても、黒いエコバッグがなくても生きていける。なぜならそれが、この家の個性だからだ。いっそ誇るべき、この家の大切な大切なアイデンティティだからだ。

絵美はその瞬間、自分でも信じられないほど冷静になった。そして強く確信してしまった。

この人は何も理解できていない、と。

旦那の優しさは否定しない。改めて確認するまでもなく、彼はとても優しい人間であった。思いやりもあり、一般的な男性に比べればほんの少しだけ、察しのいい部類に入る人間に違いない。しかし今回の一連の出来事について、この人はあまりにも何も理解できていなかった。致命的なまでに、問題の本質を履き違えていた。

絵美はようやく旦那の手を振り払うと、ゆっくりと立ち上がった。そしてそのままの足で娘の部屋へと向かい、彼女の勉強机を眺めた。整理整頓を心がけなさいと口酸っぱく忠告してきたが、机の周りが綺麗《きれい》に片付いた例《ためし》など一度もない。使いかけのノートが開きっぱなしで置いてあり、よくよく観察すれば無数の消しゴムのカスが散乱している。絵美は長い息を吐いてから、机に置かれていた一冊のムック本を手に取った。

〝これからの通信制高校図鑑〟

絵美は振り返り、部屋の入口で心配そうな表情を浮かべていた旦那に向かって、敢えてよそよそしい敬語で伝えてみた。

私は行列に並びます、と。


全長三百七十一キロメートル。

概《おおむ》ね東名《とうめい》高速道路をなぞるような形で西に延び、静岡県、愛知県をまたぎ、現在の行列の最後尾は三重県の四日市《よっかいち》市であった。もはや吉祥寺の名店イゴル・エディに行きたいと願うなら、東京よりも大阪からのほうが遥《はる》かにアクセスがいい。

あくまで概算に過ぎないが、並び始めてから購入できるまでの必要日数は、およそ二週間であると公式サイト上では謳《うた》われていた。並び始めてしまえば、当然ながらその間、一時帰宅をしたり、列を離脱したりするようなことはできない。並ぶと決めたのなら、準備は念入りに行う必要があった。

百貨店の中に入っていたアウトドア用品店へと向かうと、クロワッサンを快適に買うためのコーナーがそれなりのスペースを割いて展開されていた。果たして何から買うべきなのだろう。戸惑いを胸に売り場を眺めていると、いかにも親切そうな男性店員が駆け寄ってきた。右も左もわからなかった絵美は彼に頼り切ってしまおうと気を許しかけたが、開口一番、何度目のお並びですかと聞かれたので答えに窮した。もはや初めての人間など、この世界にはいるはずがないのだ。

二度目です。ただ前回並んだときは、まだ百メートルくらいの行列だったんで、長い列に並ぶノウハウがわからなくて。

嘘《うそ》は、見破られなかった。店員は驚いたように大袈裟《おおげさ》に頷くと、それはかなりの古参でいらっしゃるんですねと笑い、ではではと言って、基本的な装備について解説してくれた。

まず一にも二にも手に入れないと始まらないのは、荷物を載せて運ぶためのキャリーカート。ここにクーラーボックスと折りたたみ式の椅子、小型のテントと寝袋を載せるのが標準的な装備になる。男性なら大きいキャリーカートを買ってしまえばいいが、女性は自身の体力と相談しながらちょうどいいサイズを見極める必要がある。背中には大きめのリュックを背負い、肩からはサブバッグとしてイゴル・エディのエコバッグを提げる人がほとんど。

三重から愛知までは比較的平坦な道が続く。しかし静岡に入ると途端に勾配がきつくなり、途中、標高千メートルに近い場所を進むことになる。靴はもちろん、軽量で機能性の高い防寒具も必須。長旅を考えれば、電波が強く、なおかつ山間部にも強いポケットWi-Fiを契約しておきたい。モバイルバッテリーは持てるだけ持つべき。トイレは有志の手によって三〜五キロおきに仮設のものが用意されているので、多少我慢できる自信があるのなら携帯トイレは不要。軍人並みの胆力があるのならいざ知らず、普通の人間は二週間を保存食だけでは過ごせない。体よりも先に心がやられる。簡易的なものでいいので調理器具は絶対に必要で、迷うなら小型のコンロとスキレット、それから湯を沸かすポットあたりを揃えておけば不安はない。万が一、家族などに協力を要請できるなら、一度か二度、食料の補給をお願いしておくのが吉。もしもできないのであれば、スタート時から二週間分の食料を持っていくことになる。ここ最近は行列に並んでいる人のための屋台やキッチンカーも多数出回っているが、いずれも足下を見て法外な価格で食品を提供している。ある程度、利用してしまうことを覚悟したとしても、最低一週間分の食料は持ってスタートしたい。カップラーメンはかさばるので論外。カロリーメイトは悪くないが、水分が欲しくなるので要注意。理想は加熱すれば完成するジャガイモやタマネギなどの料理をポリ袋に小分けにしてクーラーボックスに詰めておくこと。腹が減ったらコンロとスキレットで火を通し、適宜、栄養を補う形にできれば不安はない。

絵美は説明を受けながら、次々に必要と思われる商品をカートへと入れていった。リュックはこれ、キャリーカートはこれ、クーラーボックスはこれ。最初は店員に勧められるがままにしようと思っていたのだが、徐々に合計金額が怖くなる。行列に並ぶだけで、いったいどれだけのお金が必要なのだろう。絵美の家は貧乏ではなかった。旦那は都庁に勤めており、収入は一般的なサラリーマンと比べてもいくらか多くもらえている。それでも減らせる出費は減らしておきたかった。アウトドアを趣味にしようとしているわけではない。おそらく今回購入したものは、一度使ってしまえばそのまま廃棄することになる。

もう少し安いものはありますか。

絵美は一度選んだリュックを、ポットを、スキレットを、少しずつ値段の安いものへと変更し直していった。一時間程度の選定を終え、配送料を含めた合計金額がレジに表示される。お世辞にも安くはない。想定していた予算は大幅にオーバーしている。しかしこれならばまだどうにか、と、クレジットカードを取り出せる金額にはなっていた。支払いを終えたらすぐに帰ろうと思っていたのだが、ここにきて店員はさらに両手を揉《も》み始めた。正直なところ、我々も今まではこんな提案をしてはこなかった。しかしここ最近は、少しずつ状況が変化してきており、もうワンランク上の対策が必要とされている。というのも、列に並んでいる人間を襲う、野盗のような輩《やから》が増え始めている。金品を奪うのが目的である者もいるが、多くは物ではなく、順番を奪うことを目的としている。いわば、暴力性の高い割り込みだ。東京都に入ればイゴル・エディが整理券を配ってくれるが、都内に入る前に襲われると自身が並んでいたことを証明する手立てがない。ここにつけ込んだ人間たちに対抗するために、防犯ブザーと、闇夜も見渡せる暗視ゴーグル。それから万が一被害に遭ってしまった場合に備えての保険がすべて一つのパックになった特別なプランがあるのでそちらをぜひに。

店員はパンフレットを取り出して説明を続けようとしたが、絵美はそのすべてを断って店を出た。
最近はほとんどの皆さんが加入されるのですが、本当によろしいですか。

配送依頼の伝票を書いている間も店員はしつこく問い続けたが、絵美は固辞した。絵美はこれ以上、一円たりとも、クロワッサンにお金を使いたくなかった。

すべての装備が揃い、すべての準備が整ったのは、十二月の三日。

絵美は玄関先で最後のチェックを行った。リュックを背負い、キャリーカートを引き、肩からはDEAN & DELUCA のエコバッグを提げる。持っていくべきものはすべて、装備できていた。

クリスマスまでにはたぶん、戻れると思うから。

絵美の言葉を受けた娘は、今にも泣き出しそうに目を赤らめた。思い切り抱きしめてみようかとも思ったが、今生の別れというわけでもない。敢えて大袈裟になりすぎない言葉を選んで玄関を出た。

勉強、頑張って。

この時点で行列は三重県四日市市からさらに延び、最後尾は県庁所在地である津《つ》市。全長はついに四百キロメートルに到達していた。

午前半休を取得してくれた旦那が車を走らせ、ひとまず絵美のことを東京駅まで送ってくれた。そこからは新幹線で名古屋へと向かい、在来線に乗り換える。さらに一時間以上移動した果てに、最寄りである阿漕《あこぎ》駅に到着。タクシーを呼んで、行列の最後尾へと向かってもらう。ネット情報を頼りにそれらしき場所へと向かうと、そこには確かに、行列があった。

何の変哲もない、片側三車線の広い国道。

背の低いマンションや戸建て住宅がぽつぽつと並ぶ田舎道に、絵美と同じく重装備に身を固めた人々が、行儀よく、綺麗に、一列に並んでいた。遮蔽物もないがゆえに見通しはとんでもなくよかったが、どれだけ目を凝らしてみても行列の先は見えなかった。ずらり、細長く並べられたドミノのように、どこまでもどこまでも、人が並び続けている。

ここがイゴル・エディの行列ですかと、尋ねる必要などなかった。最後尾の男性が、例の白人男性の写真が印刷されたプラカードを持っていたからだ。絵美は男性に頭を下げ、プラカードを譲ってもらった。あぁ、今から長い闘いが始まるんだ。そんな感慨に浸る前に、絵美の後ろには次の客が並び出す。すぐさまプラカードを手渡すと、手渡された男性もまたすぐさま後ろの男性に手渡す。みるみる、絵美の後ろにも行列が形成されていく。

時刻は午後一時。最初は前の人が進む度に律儀に間を詰め、自身が何らかのルール違反をしてはいないかと警戒するように周囲を窺っていたが、しばらく並び続けると概ね行列の作法が摑めてきた。どうやらそこまで神経質に前との差を縮める必要はないらしい。赤信号を挟んでしまったとしても、慌てず青になってから前を追えば問題ない。道路脇に設置された仮設トイレを利用する人間が現れた場合、後続は決して追い抜かずに用が終わるのをその場で待つ。

二時間かけてじりじりと前進した距離はおよそ三キロメートル。まだまだ、先は恐ろしく長い。リュックは重かったが、ほとんどの荷物をキャリーカートに結びつけていたので移動自体に苦痛はなかった。まだまだ体力にも余裕がある。アウトドア用品店の店員に、女性は、女性の方だと、女性の場合はと連呼され続けたので過剰に身構えていたが、今のところ疲れらしい疲れもない。

緩やかに陽が傾き、街灯に明かりが灯《とも》る。

イゴル・エディの閉店とともにぴたりと行列が止まるイメージを持っていたのだが、実際はそこから二時間ほどずるずると細かな前進が続いた。列が完全に動かなくなったのは午後九時十六分。本当に列はこれ以上動かないのだろうか。絵美にはうまく判断がつかなかったが、周囲の人間たちが一斉に折りたたみ椅子を広げ始めたので、今日は終わりなのだろうと思うことにした。慣れない手つきでキャリーカートから椅子を取り外し、ゆっくりと腰を下ろした瞬間、腰と足の痛みに声が漏れた。気を張っていたので疲労感に気づきにくくなっていただけで、絵美の体はすっかりくたびれていた。踏破した距離は十一キロ。スピードは遅かったとはいえ、およそ八時間歩き続けていた。かなり移動したつもりであったが、景色はほとんど変わらない。相変わらず歩いているのは国道沿い。街灯は少なく、東京の夜とは比べものにならないくらい、暗い。

どこからともなく、ぼっ、ぼっという音が響き出す。何かと思えば、ガスバーナー式のコンロに火がつく音であった。列の前方の人間が、後方の人間が、次々に夕飯の準備に着手していた。街灯の少ない田舎道に、まるで蠟燭《ろうそく》のような光が灯り始める。それも綺麗に、一直線に並んでいる。

絵美も周囲に倣い、夕飯の支度をすることにした。コンロを広げ、スキレットを置き、下拵《したごしら》えを済ませていた食材をポリ袋から取り出して温める。一つ前に並んでいる男性の料理よりも、自分の料理のほうがいくらか美味しそうではないか。そんな些細《ささい》な事実に笑みが零れそうになったとき、絵美は自身の心がこの数カ月で最も落ち着いていることに気づいた。右を見ても、左を見ても、全員が同じようにスキレットで料理を作っている。絵美はこのときようやく、自身が現在、行列に並んでいるのだという、疑いようのない手応えを覚えた。

目を閉じて、深呼吸をしてみる。冬の白い空気を肺に取り込み、体の中の瘴気《しょうき》を星空の中にそっと放つ。これから二週間から三週間、同じ夜を越えなければならないのだということも、まだ四百キロ近い道のりが残されていることも、この行列の果てにクロワッサンが手に入るのだということも、今の絵美にとっては至極どうでもいい事実であった。行列に並んで、本当によかった。

絵美は体の芯から湧き上がるような確信の中にあった。

そしてまもなく、これまでの苦悶《くもん》と葛藤の日々が、可笑《おか》しくてたまらなくなってくる。今なら綾子の気持ちはもちろん、麻紀子の気持ちだってよくわかる。彼女に腹を立てる道理が何もないことにも気づける。並べば解放される苦しみがそこにあるのであれば、並べばよいだけの話だったのだ。

夜空を見ているうちにひとつ、またひとつと、コンロの火が消えていく。

火が完全に消えると、今度はテントを組み立てる音が響き始める。一つ前の男性と一つ後ろの男性がテントを組み立て始めたのを確認してから、絵美も歩道の上に寝床を作り始めた。事前に予習していた通りの動きでテントを組み上げ、中に荷物をしまう。寝袋に体を滑り込ませ、アラームをイゴル・エディの開店時間である八時にセット。少々安価な寝袋を買ってしまったことが災いしたのか、体はもうひとつ、完全には温まりきらなかった。それでも絵美はすんなりと入眠することができ、その日は家族団らんの夢を見た。

夢の中では笑顔で食事をとる娘が、絵美に対して頭を下げていた。ごめんなさいお母さん。進路の件、お母さんのアドバイスに従おうと思うよ。

絵美はそんな娘の謝罪を快く受け容れ、娘の頭を優しく撫でてやる。

お母さんの言ったこと、ちゃんと理解してくれたんだね、と。

行列が再び動き出したのは、翌朝の午前十時二十一分。

歩き始めて最初の数歩は前日の疲労を如実に感じて不安を覚えたが、しばらく歩くと幸いにしてあらゆる感覚が麻痺《まひ》していった。一人で歩いているならいざ知らず、目の前には何百、何千、何万という人間が並んでいる。そう考えるだけで、その事実を噛みしめるだけで、絵美の足は不思議なほどに軽くなった。

昼食をとり、歩き、夕食をとり、眠る。すべての行程が救いであり、赦《ゆる》しであり、安定であった。四日目に雨が降った際には怯《ひる》みそうになったものの、絵美は基本的には歩くペースを崩さなかった。後ろの男性から速く歩いてくれとせっつかれることも、前の男性から大きく引き離されることもなかった。三重県が終わり、愛知県が終わり、静岡県に入ったところで、事前の約束通り、車でやってきた旦那に食料を補給してもらった。イゴル・エディは平日のみの営業なので、土日の行列はぴくりとも動かない。

やってきた旦那は食料を手渡すと、こうしたらどうだろう、と、神妙な面持ちで提案をしてくれた。今日は土曜日で、僕も仕事はない。今日だけは一緒にテントで泊まっていきたい。それができなくとも、しばらくここで話し相手になりたい。

ありがたい気遣いであったが、行列の外にいる人間と長時間接触することは、明らかなマナー違反であった。割り込みを画策していると捉えられかねない。その気持ちだけもらっておくと告げ、旦那との束《つか》の間の再会は五分足らずで終わった。食料をクーラーボックスに移し終えると、絵美はテントの中でひたすら自身の太もも、ふくらはぎ、足の裏を、念入りに揉みほぐした。列の動かない土日の間に、体のケアをしてやらなければならない。

やがて月曜日が始まり、前進が再開する。

間違っても、侮っていたわけではない。しかしすでに二百キロ以上の道のりを踏破したのだという自負が、絵美の心にわずかな隙間風を吹かせていた。リサーチは抜かりなかった。まもなく上り坂であることは、重々承知していた。それでも、富士川《ふじかわ》を越えてすぐに始まった急激な勾配に、体がまったくついていかなくなる。ただ前の男性についていくだけ。言い聞かせるように歩き続けるのだが、徐々に背中が遠くなっていく。いよいよ疲労感が痛みに変わり、マメが血豆に変わり、汗が涙へと変わっていく。

絶対に、遅れてはいけない。

くねくねとした峠道を進んでいるうちに、とうとう完全に前方の人間が見えなくなってしまう。進まなくてはならないのはわかっているのだが、足がほとんど持ち上がらない。さあ、休憩は終わり。早く歩き出そう。脳は足に指令を出すのだが、絵美の下半身は石膏《せっこう》で固められたように、あるいは何トンもの重りをつけられてしまったように、まったくもって動かない。

すると絵美の心には、懐かしい焦りが蘇《よみがえ》ってきた。時計の針が音速で逆回転していくような錯覚。視界さえもぐらんぐらんと揺らぎ始め、思わずその場で嘔吐《おうと》してしまいそうになる。絵美は列に並び始めた初日のことを思い出し、アウトドア用品店で道具を購入したあの日を思い出し、行列に麻紀子を見つけたあの日を、綾子がイゴル・エディについての感想を述べたあの日を、十人に満たない行列を見つけたあの日を、そしていち早く処女を捨てなければと焦り出したあの日々を、思い出していた。

このままでは大変なことになる。取り返しのつかないことになってしまう。

ひょっとしてあなた、行列に並ぶの、初めてなんですか。

突如として響いた残酷な指摘は、幻聴ではなかった。声の主は、絵美のすぐ後ろに並んでいた男性。絵美は、そんなことあるわけないじゃないですか、すぐに追いつきますんで大丈夫ですと言い切り涙を拭った。前方の人間は影も形も見えなくなってしまった一方で、後方の人間は絵美の真後ろにぴったり、文字通りの行列を作っていた。

なんとかしなければ。

絵美は苦肉の策として、全員が寝静まった夜のうちに、少しでも前との距離を詰めておくことに決めた。当たり前だが睡眠時間は削られる。翌日の歩行に多大な影響が出るのは火を見るより明らかであったが、ここで挽回《ばんかい》する以外に手立てがない。

夜。後方の人々がテントを張って眠るための準備を始めた頃、絵美は再び歩き始めた。リュックを背負い直し、キャリーカートを引っ張る。きつい勾配を一歩、また一歩、ゆっくりと踏みしめていく。絵美が歩いているのは分岐のない一本道。よって理論上、道なりに歩いてさえいれば、いつかは前方の人間に出会えるはずであった。やるべきことは単純。ひたすら歩くだけ。しかしこれが、あまりにも難しい。

体力が限界に近づいているのはもちろんだが、それ以上に絵美を困らせたのは夜の峠道に街灯が一つもないことだった。完全なる闇の前では、絵美が握っていた安価な細いペンライトはあまりにも貧弱であった。真っ黒い世界の中、ペンライトが教えてくれる視界はわずかにパンケーキ一つ分程度の大きさ。ただ一歩、前に進むため、絵美はとんでもなく念入りに周囲を確認する必要に迫られた。

闇夜も見渡せる暗視ゴーグル。

アウトドア用品店で聞いたアイテムの名が、唐突に頭の中でリフレインする。絵美は首を振ってペンライトを握り直した。

一歩間違えれば滑落もあり得るのではないだろうか。予感してしまうと、足を踏み出すことにさらなる躊躇いが生まれた。自分がこの夜を使ってどれだけの距離を前進できているのか、それさえもわからない。後ろの男性のテントも、前の男性のテントも見えない。今、私はどこにいるのだろう。不安と疲労と睡魔が同時に襲いかかり、徐々にキャリーカートを引っ張る握力さえもなくなってくる。もうこれ以上は進めない。

絵美が地面に座り込んだのは、深夜の一時。全身の糸が切れた人形さながら、絵美は受け身もとらずに、ぐしゃりと地面に崩れ落ちた。テントを広げる気力も、リュックの中から水を探す気力もない。目を閉じていても、開けていても、視界は完全なる闇の中。自身が今どのような体勢でいるのかもわからず、絵美は気絶したようにその場から動けなくなる。

物音が、したような気がした。

木々が揺れている音だろうか。それとも吉祥寺では出会うことのなかった野生動物の鳴き声だろうか。あるいは気のせいかもしれない。仮に前方に並んでいる男性が発している音なのだとすれば、随分励まされるなどと考えているうちに、絵美は後頭部に強烈な衝撃を受け、まもなく気を失った。

真っ白い病室で目を覚ました絵美は、起き上がるやいなや叫び声を上げた。

気づいた看護師になだめられ、別の部屋からやってきた医師に落ち着いてくださいと言われ、不安げな旦那と娘の姿を目にしてもまだ冷静にはなれない。

違う、違うの、戻らないと。

立ち上がろうとしたが、体中の関節という関節が燃えるように痛んだ。それでも立ち上がらなければいけない。使命感と焦燥感で体を無理矢理に動かそうとすると、旦那の体が優しく覆い被《かぶ》さってくる。そのまま旦那は絵美のことをぎゅっと抱きしめると、静かに涙を零した。

もういいんだ。もういいんだよ。

呆然《ぼうぜん》とする絵美の前に現れた二人組の警察官は、絵美が野盗に襲撃されたことを伝えた。

彼らの手口は一貫しており、まずは列から孤立している人間に狙いを定める。ターゲットを決めると別働隊に情報を伝え、夜の田舎道や峠道で襲撃させる。狙われるのは高齢者や女性がほとんど。彼らは後頭部を殴るなどしてターゲットを気絶させると、何食わぬ顔で列へと割り込んでしまう。気絶した被害者のことは必ず行列から数キロメートル離れた場所へと輸送し、適当な路肩に置き去りにする。仮に目覚めてしまっても、行列に並び直すことができないようにするためだ。気を失っている絵美が発見されたのも、やはり行列から二十キロは外れた伊豆《いず》の山道であった。地元住民に発見された絵美は、静岡県内の病院へと搬送され現在に至る。

でも大丈夫です、と、警察は絵美を落ち着かせるように言った。

今回のような不幸な襲撃を受けてしまったときに力になってくれるのが、保険です。一応のところ加入は任意ということになっているが、実際のところ保険に入らず行列に並ぶ人間はほとんどいない。保険に入っておけば、外部要因によって行列から引き剝《は》がされてしまった際、同じ地点から並び直しをすることができる。保険会社が当該地点まで代理で並んでくれるので、途中から順番を譲ってもらうことができるのだ。

安心してください。

警察官の笑顔を見た瞬間、絵美は言語を失い、あぁ、あぁ、とひたすら掠《かす》れたような唸《うな》り声をあげた。

旦那が、娘が、医者が、警察が、絵美のことを心配するような言葉をかけてくれたが、ついに絵美はいかなる言葉を理解することもできなくなった。誰の言葉も届かない中、絵美は天井に向かって唸り続けた。そして自身を強く呪った。

どうして私は、保険に入っておかなかった。

どうしてあのとき、正しい決断ができなかったのだ。

みんなが並んでいるクロワッサン屋があり、みんなと同じように準備をし、みんなと同じような手続きで行列に並ぶことにした。みんなと同じように歩き続けた。みんなと同じような生活をし、みんなと同じような人生を目指し、みんなと同じように処女を捨てた。

なのにどうして私は、みんなと同じ保険に入ることを怠ってしまったのだ。

絵美の声が響き続ける病室で、旦那はいつまでもいつまでも、彼女の体を抱きしめ続けた。

翌日、絵美の病室には厚生労働省から一冊のパンフレットが届けられた。

母子手帳と紛《まが》うような優しいイラストが描かれた表紙には、やはり丸みを帯びた優しい書体でタイトルが綴《つづ》られていた。

〝クロワッサンを買えなかったあなたへ　～心のハンドブック～〟

あなたはおそらく、とてもショックを受けていることと思います。クロワッサンを買うことができなかったことに、ひどく落ち込んでいるでしょう。しかし安心してください。あなたと同じようにクロワッサンを買うことができなかった人は日本にたくさんいます（右のグラフ参照）。クロワッサンを買うことができなくても、あなたはあなたです。どうか自分を責めず、自分のことを許してあげてください。

絵美はパンフレットをベッドサイドに置くと、やはり涙に暮れ続けた。

生まれて初めて、自殺、という選択肢が、明確な重みを伴って絵美の脳裏を過《よぎ》った。

死んだほうがいいのではないかと考え始めてから、死んでしまおうに至るまではあっという間であった。絵美は旦那と娘が病室を出た隙に、自身が寝ていたベッドに敷いてあったシーツを剝ぎ取った。そしてくるくると細長く巻き上げ、一本のロープのように仕立てていく。ベッドの周りを囲むように設置されていたカーテンレールに結びつけてしまえば、ちょうどいい高さに首をかける輪っかができてしまった。

思いとどまろうか、このまま進んでしまおうかと立ち止まって考えることもなく、絵美はシーツに首を通していた。ベッドから足を離すと、全体重が首に乗っかる。重みに堪えかねたカーテンレールが大きな音を立てて天井から外れたとき、駆け戻ってきた旦那が絵美の体を受け止めた。

もういいんだって。大丈夫なんだって。僕はずっと言ってただろう。クロワッサンは僕らに、必要ないんだって。

旦那に抱きしめられ、絵美はようやく我に返った。ごめんなさい、ごめんなさい。絵美の涙を見た旦那は洟を垂らしながら、声を掠れさせながら、何度も言葉に詰まりながら、絵美の心臓に刻み込むように、耳元に言葉を落としていった。

全部、大丈夫。遠くに行こう。全部僕が、何とかするから。

君はただ、君のままでいればいい。だから、遠くに行こう。

※　※　※

それから一年。

絵美はカリフォルニア州サンノゼにあるウォルマートで、牛肉を探していた。

アメリカでは、日本で一般的に売られているような薄切り肉はほとんど見かけない。薄いと銘打たれている肉であっても、平然と二センチ程度の分厚さを誇っている。国が変われば、常識も変わる。絵美はじっくりと時間をかけて肉を選定すると、カートの中へとそっと放り込んだ。

遠くに行こう。

一年前の病室で宣言した通り、旦那は躊躇《ちゅうちょ》なく、居住地をアメリカに移すことに決めた。大学時代の友人のつてを使い、アメリカの証券会社に働き口を見つけ、すぐさまビザ、家、航空機のチケットを手配。あっという間にアメリカで生活するための基盤を整える。娘は旦那の提案を耳にした瞬間、ぜひともアメリカに行きたいと前向きな姿勢を見せた。彼女が希望していた通信制高校は、アメリカにいても在籍することができたからだ。

最初は慣れない生活に不便さを感じることも多かった。言語の壁も高かった。しかし数カ月も経つと、絵美はこの地域の風土が極めて心地よく、また自身の性格にとてもよく合致していることに気づいた。気候は温暖で、あらゆるものが大雑把。他人のなすことには寛容で、誰もがゆったりとしたTシャツをラフに着こなすよう、実に自然体で生きている。

絵美はこの場所が好きだった。この場所の普通を、極めてナチュラルに受け容れることができていた。

日本の友人たちをこの家に招いてみようかと思えたのも、心に余裕が生まれたからに他ならない。呼びつけたのはふじの会のメンバーではなく、大学時代の友人三名。

イゴル・エディの行列に並んだあの日から、結局ふじの会のメンバーとは一度も顔を合わせていなかった。転居の前に挨拶くらいはしておくべきだったかもしれない。反省はしながらも、しかし改めて連絡をしたいとは、どうしても思えなかった。

厚切りの肉に、いくらかの魚介類と大ぶりのポテト。最後に長方形の巨大なケーキをカートに入れ、絵美は買い出しを終えた。まもなく自宅にやってきた友人たちは、何よりも先に絵美の自宅の大きさに面食らった。二階建て、庭、プールつきの一戸建て。自室での通信授業を終えた娘も合流し、広々としたリビングでパーティが始まる。

そうだこれ、差し入れ。ぜひご家族と食べて。

ありがとうと言って友人から紙袋を受け取り、冷蔵庫の中にしまう。そういえば何をもらったのだろうと差し入れの存在を思い出したのは、パーティが終わって一時間が経った頃だった。友人たちはすでに自分たちのホテルへと引き揚げている。

何の気なしに冷蔵庫から取り出してみると、紙袋の手触りに違和感を覚える。普通の紙ではない。まるで羊皮紙のような、どこかつるりとした手触りに、指先が高級な気配を感じとる。にわかに期待感が高まる。果たしてこれは何なのだろう。様々な角度から観察し、紙袋に印字されたロゴと、その横にプリントされた白人男性の写真を見つけたとき、絵美は誰もいないキッチンで一人、きゃっ、と、小さな悲鳴をあげた。

〝Boulangerie IGOR-EDY〟

頭の中で、地球が一回転する。同時に蘇ってきたのは、忘れかけていた綾子の声だった。

あれは、食べた人にしかわからないよ。

絵美はため息をついてから、しかし、からりと笑った。そして笑うことができたという事実にたまらなく嬉《うれ》しくなり、また一段と大きく笑った。仕舞いには、腹を抱えての大笑いを始めてしまう。ひとしきり笑い続けると、改めてイゴル・エディの紙袋をしげしげと見つめた。

娘や旦那には、食べさせてあげたほうがいいかもしれない。

そんなことも考えたが、結局絵美は過去と決別する道を選んだ。中身を確認することもなく、紙袋をそのままゴミ箱の中へと放り込む。今の絵美に、あるいは絵美たちに、クロワッサンは必要ない。

絵美はクロワッサンを処分すると、庭に出る。天気のいい日の芝刈りは、絵美が最も好きな作業のうちのひとつであった。中古で買ったアメリカ製の芝刈り機で、庭の芝を丁寧に刈っていく。大きすぎるエンジン音も、これだけのエンジン音をあげておきながら、刈れるのはたったこれだけなのかと笑いたくなるようなお粗末な性能も、からっとした空気の中にみるみる立ち上ってくる青臭い芝生の匂いも、何もかもが好きであった。

絵美は芝刈りを終えると、首にかけていたタオルで汗を拭きながら、庭先でレモネードを飲んだ。意味もなく自宅前の通りへと出て、体を一杯に伸ばしてみる。するとレトリーバーを散歩させていた初対面の黒人夫婦が、笑顔で挨拶をしてくれた。

Hi.

照れも恥じらいもなく、目一杯ネイティブを装った挨拶を返し、一年前までは考えもしなかった清々《すがすが》しい日常を噛みしめる。これが自由で、これが幸福なのだ。

これがこの国のスタンダードなのだ。

絵美は遠ざかっていくレトリーバーの後ろ姿を笑顔で見つめていたのだが、まもなく奇妙な違和感に目を細めた。

あれは何だろう。

黒人夫婦が向かう先には、かつて見たことがない、奇妙な行列ができていた。

*

# 3　花嫁がもどらない

The bride hasn't come out yet.

*

喫煙所からもどると、会場の空気がまったくもって一変しているのがわかった。

わざとらしいほど楽しげに流れていたJ–POPベストセレクションみたいなBGMは鳴り止《や》んでいて、百人以上はいるはずの参加者たちの頬からは一粒残らず笑顔の成分が消えている。それはちょうど、世間を騒がせている厄介な怪盗から予告状が届いてしまったような雰囲気だった。誰もが困ったように眉間にしわを寄せて、何かにひどく怯《おび》えているみたいにひそひそ話をしている。

「何があったんだい？」と、僕はこの会場における唯一の友人に尋ねた。

「花嫁がもどらないんだ」と友人は小声で教えてくれる。

「もどらない？」

「控え室にこもってるんだ、ずっと」

友人はそう言って控え室がある一角を控えめに指差すと、僕を廊下へと呼び出した。それから誰も聞き耳を立てていないか確認するみたいに周囲を見回し、適当なベンチに腰を落ち着けた。

「突然、気持ち悪いって騒ぎ出したんだよ、花嫁が」

「それで控え室に閉じこもってるってこと？」

「まさしく」

「具合が悪くなっちゃったのか。かわいそうに」

「いやいや」と友人は首を振って、会場からちゃっかり持ってきていたジンバックを飲み干した。

「そういう意味じゃなさそうなんだ」

僕には意味がよくわからなかった。気持ちが悪いってことは、体のどこかが思わしくないってことだ。それはすなわち具合が悪いってことに決まっている。

「何か――気分が悪いってことらしい」

「さっきと同じに聞こえる」

友人は少し待ってくれと言って、慎重に言葉を吟味《ぎんみ》した。「気色の悪いものがあって気分が悪いから、会場にはもどりたくないって騒ぎ出したんだ」

僕は驚いて、会場のほうを見つめてしまった。扉は開きっぱなしになっていたので、中の様子はここからでも問題なく窺《うかが》える。相変わらず会場の空気はどんよりとしなびていたけれども、そこには一見して気持ち悪いとされるものは何もないように見えた。パーティドレスを纏《まと》った女性陣に、しゃっきりとした礼服を着ている男性陣。それは極めて結婚式の二次会的な風景で、それ以上でも以下でもなかった。今日も明日も明後日《あさって》も、きっと日本中のどこかで開催されるであろう、極々普通の二次会。

「誰かがはめを外してしまったのかい？」と僕は尋ねた。

僕も人のことを言えるような人間ではないけれど、一応のところ最低限の節度はわきまえているつもりだ。ドレスコードを守るくらいのことはできるし、新郎新婦が楽しんでいる晴れ舞台で堂々とたばこを吸っていいわけがないということもわかる。喫煙所は屋外ですと言われれば文句を言わずに数百メートル歩くこともできて、すぐにもどると臭いが気になるだろうからとそのまま夜風の中を十分ほど散歩することもできる。

でも世の中には僕よりもずっと鈍くて、最低限の節度さえ持ち合わせていない人間がいる。三年くらい前に参加した結婚式では、スピーチの中で新婦のバストサイズをからかった男がいた。新婦はどうにか笑顔を取り繕うことができていたけれども、式場にいた誰もがあまりいい感情を抱かなかった。冠婚葬祭ともなれば、誰だって少なからず浮わつく。聖なる免罪符を手に入れたような気持ちに意味もなく心が軽やかになって、つい口が滑ってしまったり、平生ならひっくり返ってもやらないはずの下品なパフォーマンスに走ってしまう可能性も、まったくないとは言い切れない。だけれども、友人は首を横に振った。「そういうのは、何もなかった」

「なら花嫁は、何を気持ち悪いと感じたんだろう」

「それがわからないから、みんな困ってる」

「本人に訊《き》いてみたらいいのに」

「訊いたさ。訊いた」と友人は少し呆《あき》れたように言った。「女の人も男の人も、何人もの人がかわるがわる控え室の扉をノックした。それこそ不登校の子供を諭す家庭訪問の教師みたいに。何が原因なの、どうして出てきてくれないのって。でも彼女は誰の問いかけにも答えない。ずっと控え室の中からはすすり泣きだけが響いてる。鍵が閉められてるから扉を開けることもできない。もうかれこれ二十分近く」

「何だか、天岩戸《あまのいわと》みたいだ」

僕がそう言うと、三人組の女性が会場から廊下へと逃げてきた。三人とも大粒の涙をこぼしていて、競い合うよう矢継ぎ早に互いを慰める言葉を並べ立てた。きっと花嫁の説得に失敗したのだろう。何かしなければいけないのはわかっているのに、どうすることもできない無力感に打ちのめされているみたいだった。僕らは彼女たちの涙を邪魔しないように、また会場へもどることにする。

よくよく観察してみると、何人かの女性が控え室の扉をノックしているのがわかった。何かを語りかけてもいる。友人が証言していた通りだ。そして彼女たちの様子を見守るように、少し離れたところで複数名の男性が難しそうな顔をして腕組みをしていた。おそらく元英会話サークルの面々なのだろう。会の冒頭で、新郎新婦は同じ大学の英会話サークルで出会ったということが紹介されていた。この二次会に参加しているメンバーも、その大部分は大学時代のサークルメンバーだそうだ。

今日の主役であるはずの新郎は、ひどくくたびれていた。ステージの近くに用意された椅子に座りこんでいて、顔を上げることすらできなくなっている。おそらく彼も花嫁を岩戸から引きずり出すことに失敗したのだ。ほんの数十分見ないうちに、彼は消耗しきっていた。

僕も友人も、新郎に招かれた人間であった。といっても本当に新郎と仲がよかったのは友人のほうで、僕は彼の付き添いというような意味合いが強い。全員同じ中学校の同級生だったのだけれども、僕個人は新郎とそこまで親しくはなかった。少なくとも結婚式に呼ばれるほどの間柄ではない。先ほどおめでとうと声をかけに行ったときも、新郎は僕のことをあまり正確に認識できていないようだった。隣に友人がいるのを見てようやく、ああ、懐かしいね、今日は来てくれてありがとうと笑ってくれた。見覚えのないキャラクターだけど、ミッキーの隣にいるからきっと君もディズニーの仲間なんだろうねと推理するみたいに。

僕は割にこういう交際が多い。つまり料理のすみっこに載っているパセリみたいな存在なのだ。絶対に必要というわけではないけれども、あっても困ることはない。あれば、ちょうどいい賑《にぎ》やかしにはなる。これはこれでなかなか心地のいい人生の歩き方な気もしているから、僕はそんな自分のポジションをけっこう気に入っている。パセリは愛されもしないが、拒まれもしない。

いずれにしても、僕も友人も新婦とは初対面だった。だから彼女の人となりを知らないし、彼女がいったいどういうことで腹を立ててしまう種類の女性なのかもわからなかった。頻繁にこういうへその曲げ方をしてしまう人なのかもしれないし、ついさっき生まれて初めて不満を表明してみせた生粋の優等生だったのかもしれない。ただ、少なからず自信のある人なのだろうなと、僕は考えた。普通はいくら自身が主役の催しであるとはいえ、百人以上の人間を集めておきながら堂々と個人的な不快感を表明できない。仮に表明できたとしても控え室に閉じこもることはできないし、友人たちの声かけを無視し続けることもできない。パセリには絶対にできない生き方だ。

「彼女はいったい、何が気持ち悪かったんだろう」僕はしみじみこぼした。

「わかるわけないさ」と友人は言い切った。「考えるだけ無駄だ。ひょっとしたら花嫁本人もわかってないかもしれない」

「それはずいぶんといじわるな見解だ」

「いじわるなのは花嫁だ。答えを言わずに閉じこもり続けるなんて横暴がすぎる」

確かに一理あるかもしれないなと、僕は思った。

友人はまだしばらくかかりそうだなと言って、新たなアルコールを求めてバーカウンターへと向かってしまう。僕は友人を見送ると、ステージの近くで何やら会議のようなものが開かれていることに気づいた。元英会話サークルの面々を中心に、二十人くらいが椅子を円形に並べて話し合っている。そしてその円を囲むようにして、さらに三十人ほどが会議の立ち見をしていた。控え室にいる新婦に配慮して声を小さく落としながら、誰もが世界経済の未来を占うような真剣な目つきで言葉を交わしている。僕はその辺のテーブルに置いてあったオレンジジュースをつかみあげると、そのまま彼らのほうへとゆっくり近づいてみた。

「絶対、このまま中止にはしたくないな」という男性の声が聞こえた。

「当たり前よ」という女性の声も聞こえた。「一生に一度の晴れ舞台なんだから」

円の中にいる人も外にいる人も、みんなが小さく頷《うなず》いた。どうやらこのまま二次会を終わりにしないためにはどうするべきかということを議論しているようだった。僕はそれを聞いた瞬間、少しだけ嬉《うれ》しい気持ちになった。

僕はそもそも結婚式というものが好きだった。たぶんそれは、結婚式というイベントが本質的には人生には不必要かつ、余剰な行事であるからだと思う。僕がたばこを愛するのと同じ理由だ。やりたい人だけがやればいいものであって、こんなものをやらなければいけない道理は世界のどこにもない。意味のない誓いに、意味のない口づけに、意味のない祝福。どこをとっても拍手を送りたくなるくらい意味がない。夢中になって緩衝材のぷちぷちをつぶして遊ぶように、ときとして人は意味のないことに一生懸命にならなくちゃいけない。その集大成が結婚式だ。どんな様式のいかなる二人の結婚式も、中止になるよりは開催されたほうがいい。今日の二次会も例外ではない。

「すみません」と、僕はプログラムを手に持っていた立ち見の男性に声をかけてみた。「今日って、何時までの予定なんでしたっけ？」

「ええと、九時までですね」

腕時計を見ると、時刻はまだ七時をわずかに過ぎたところだった。僕は彼に礼を言うと、ますます中止にするわけにはいかないと静かに唸《うな》り声をあげた。残り二時間。映画一本分の時間があれば、十分に楽しい会を取りもどすことができる。

しかし悲しいことに、会議は暗礁《あんしょう》に乗り上げているみたいだった。花嫁をこちら側に引きもどす画期的な方法は誰の頭にも浮かんでいないようで、ひたすら重たい沈黙が流れ続けている。ある人は瞑想《めいそう》するようにして考えこんでいた。ある人は会場をきょろきょろと見回し、何かしらのヒントを探していた。しかし誰も答えを見つけることはできない。沈黙が数十秒にわたって続くと、自分たちが会議中であることを忘れないようにするみたいに、誰かが「難しいですね」とこぼした。するとまた別の誰かがオウムみたいに「難しいですね」と返した。「何なんでしょうね」とも口にした。また「何なんでしょうね」という言葉が返った。さらにもう二、三言が交わされ、まるでほんの一瞬だけ水面に顔を出したクジラみたいに、また会議は沈黙の中へとぶくぶくと沈みこんでいく。

僕は会議の中心にいると思われる男性の手元を覗《のぞ》きこんでみた。彼が持っていたノートには、花嫁が気分を害したと考えられる可能性がぎっしりと箇条書きにされていた。飲み物、料理、音響、室温、におい、出し物、衣服……。そしてそんな可能性たちには、例外なくすべてに取り消し線が引かれていた。あまりにも涙ぐましい光景であった。たった一人の女性が感じた「気持ち悪い」の正体を探るために、何十人もの大人たちが真剣に頭を悩ませている。僕は少しだけ胸が痛くなった。そして同時に、花嫁はみんなに愛されているんだなと、そんなことを考えた。誰も、嫌っている友人のためにここまでのことをしようとは考えない。

「すみません」と少し遠くのほうから女性の声がした。

小柄な女性が申し訳なさそうに人波をかきわけ、やがて草木を分けいる栗鼠《りす》のようにして顔を覗かせた。女性は涙の名残《なごり》を隠すように小さく洟《はな》をすすると、自身が花嫁の高校時代の同級生であると簡単に自己紹介をした。

「私、わかるかもしれません」

「本当ですか？」とノートの男性は少し目を見開いた。

「あくまで予想なんですけれども」

「予想でけっこうです。我々は予想を求めています」

「『手品』ではないでしょうか？」

彼女がそう口にすると、壁にもたれかかっていた一人の男性が驚いたように背筋を伸ばした。金色のスパンコールがたくさんついたきらびやかなベストを着ている彼は、先ほどみんなに手品を披露してくれた男性だ。新郎の高校時代の友人だと挨拶していたように思う。

「手品ですか」とノートの男性はあまり腑《ふ》に落ちていなさそうな顔で言った。そして意味もなくノートを何ページかめくってはもどり、「手品は、どうでしょう。特に問題はなかったように思いますが」

手品の男性は、安心したように小さく頷いていた。僕もまた同じ気持ちであった。僕はたばこを吸うために一時会場を離れてしまっていたけれども、彼の手品は最初から最後まで観ることができていた。僕はもともと手品が好きだった。一時は定期的に新宿《しんじゅく》にあるマジックバーに顔を出していたこともある。人よりは手品について理解があるつもりだ。そんな僕の目から見ても、彼の手品に特筆しておかしなところは見つけられなかった。もちろん彼自身が趣味で始めましたと言っていた通り、彼の技術はプロのそれには遠く及ばないものだった。それでも、基本を忠実に押さえた玄人《くろうと》好みのクロースアップマジックだった。僕は笑顔で拍手を送った。僕以外の人も、笑顔で拍手を送っていた。少なくとも、気持ち悪いとされるようなものはどこにもなかった。

「手品は」と女性は言った。そして充血した目から小さな涙をこぼした。「手品というものがそもそも、深刻なほどに気持ち悪さを内包しているんです」

「気持ち悪さを、内包」とノートの男性は新たな学説を耳にした大学院生みたいな顔で返した。

「私は幼少の頃から手品が苦手でした。テレビ番組で手品が始まると、いつも大慌てでチャンネルを変えました。手品が趣味という人間からは常に距離をとって生きてきました。手品はただ存在しているだけで周囲に牙を剝《む》く、悪魔のような儀式なんです。だからさっきも――」女性はしばらくハンカチの中に顔を埋《うず》めた。そしてどうにか涙を抑えこむと、「さっきも、そちらの男性が『手品を披露します』と口にした瞬間、本当に逃げ出したくなるくらい辛《つら》い気持ちになりました。手品はものすごく気持ち悪いんです。私にはたぶん、花嫁の気持ちがわかります」

「もう少し、具体的にお願いしてもよろしいでしょうか」

ノートの男性が少し前のめりになると、女性はしばらく呼吸を整えた。彼女の友人が、彼女の背中をやさしくさすっていた。まるで過去のトラウマに向き合うことを決意した精神科の患者のようだった。

やがて彼女は深呼吸を三回ほどすると、たとえばです、と言った。

「人は、歌を歌いますよね？」

「歌いますね」と男性は少し考えるふりをしてから言った。

「それってつまり、自分が楽しいから歌おうと思い立つわけです。もちろんプロの歌手になれば人に聞かせるために歌うようになるんでしょうけど、最初はそうではありません。あくまで自分が楽しいから、その行為自体が楽しくてたまらないから、始めてみようかなと思うんです。スポーツもテレビゲームも同じです。その道を極めればやがて喝采を浴びる日がくるかもしれませんが、スタートは誰だって自分が楽しいからという、ごくごく個人的な喜びに違いありません。なのに、なのにです。手品はそうではないんです。手品だけがそうではないんです。手品は最初から他者に見せるために始まり、他者を屈服させるためだけに始まります」

ノートの男性はふむふむと小さく二度頷いてから、「続けてください」と言った。

「いわば、ジャンル化された壮大なマウンティングです」と女性は言い切った。「人に楽しんでもらうために始まるのではなく、マッサージよろしく相手の体を直接的に癒やすことを目的にするのでもなく、ひたすら屈服だけを目指すのが手品なんです。すごい、何これ、どうなってるの。手品師がただ個人的に、自身の技量を前に戸惑っている人の様子を確認して愉悦《ゆえつ》に浸りたいがために始まる、異常なまでに傲慢《ごうまん》な営みなんです。どうだ、おれの技術に参ったか。本当は信じられないほど気持ちよくなっているはずなのに、敢《あ》えて何でもないような顔を作って、判で押したように『種も仕掛けもありません』などと口にする手品師の顔、よくよく思い出してみてください。あれほどまでに醜《みにく》い顔を、私は知りません。自身が当該空間における絶対的な支配者で、正義で正解。観ている人間は哀れな敗者であり文字通りの客体。そう言わんばかりの、傲慢としか言いようのないしたり顔。さらに、さらにです。手品師というのはそんな刹那《せつな》の屈折した愉悦と快楽を満たすためなら、事前に何時間でも何日でも、ときに何年でも練習できてしまう、いわば承認欲求の権化のような存在であるとも言えるわけです。またこの上、実に、実に許しがたいことに、手品師は観ている者に一切の評論を許しません。仮に私たちが劇場で漫才を観たとしましょう。そんなとき、私たちにはいつだって楽しんで笑う権利と同じく、つまらないなと思って笑わない権利が残されています。絵だって、漫画だって同じです。押しつけられたものを評価しない権利がある。なのに、なのにです。手品だけはそうではありません。手品は見せられた人間が、否応《いやおう》なく、どんな状況であっても、まったくもって驚くに値しない児戯だと判断したとしても、拍手しないわけにはいかないのです。あまつさえ、すごいですね、わぁどうなってるのとお世辞すら口にしなければならない。これだけ時間と空間と感情を徹底的に支配しきる悪魔のような儀式を、果たして気持ち悪いと言わずに何と形容すればいいと思われますか？」

彼女は、気づけば会場全体に問いかけていた。そしてしゃべり終えると、長い監禁から解放された人質のようにひたすら涙を流し続けた。会場はしんと静まりかえっていた。

僕は彼女の言い分を、まったくもって理解できないわけではなかった。部分的には共感することもできた。それでもひどく偏っていて、とんでもなく強引な見解に違いないと感じた。手品が好きな――それも、もっぱら観ることが好きな――僕のような人間からすれば、当然納得することなんてできない。もちろん手品が苦手な人はいるのだろう。事実として彼女は苦手だと口にした。ある場合においては彼女のような意見は尊重されるべきなのだろうとも思った。それでも、いったいどこの世界に手品を観たせいで気持ち悪くなり、そのまま控え室に逃げこんでしまう人間がいるというのだろう。

しかしどうやら、この場で僕のような考えをしている人間は少数のようだった。

これかもしれないですねと一人の男性が頷くと、横にいた女性も盲点でしたねと同意し始める。何人かが肯定的な態度をとり始めると、ゆっくり波紋が広がっていくようにして、会場中が彼女の意見にとりこまれていった。

「手品だ、手品ですね。きっと」

「言われてみれば、そうとうに気持ち悪いですよ、手品は」

「私もこれのような気がします。花嫁は手品を最も近い位置で観ていたわけですからね」

僕はさすがに反論しようと思った。そんなはずがないじゃないですか、と。そして事実として一度だけ、そんなはずあるわけがないじゃないですかと口にしてみた。だけれども僕の声は、納得しているみんなの声にかき消されてしまった。

「答えがわかったのか？」と、バーカウンターからもどってきた友人が僕に話しかける。

「このままだと手品ってことになってしまいそうなんだ」

「ふうん。手品だったのか」

「いや、あくまで仮説だよ。僕にはとてもじゃないけどそうとは思えない」

「でも、手品の可能性もあるんだろう？」

僕はもやもやした。確かに可能性としてゼロではないかもしれないけれど、実際のところそんな可能性があるとはとうてい思えない。今年のジャイアンツが優勝できたのは、私の応援があったからなのですよと言い切る野球ファンに出会ったような気分だった。そうではないとは言い切れないけれども、たぶんそうではない。

「すみません」

ノートの男性が、手品を披露した男性のほうへと近づいていった。そしていかにも申し訳なさそうな上目遣いで頭を下げた。

「恐縮なのですが、花嫁に謝罪していただけないでしょうか」

「私が、ですか？」と手品の男性は面食らっていた。「いったい何て言えばいいんです？」

「そうですね……」とノートの男性はしばらく考えた。「『手品をやってしまい、申し訳ありません』でしょうか」

「馬鹿げていますよ」

「仰《おっしゃ》る通りです。しかしこれは蓋然性《がいぜんせい》の問題なんです」

「蓋然性」

「我々はすでに三十分以上、この会場の中で花嫁を苦しめた『気持ち悪いもの』の正体を探し続けてきました。そしてあらゆる可能性を考え、そのすべてを解消するよう努めてきました。料理を下げ、ドリンクを変え、BGMも止め、掃除さえしました。そのことを扉越しに花嫁に報告もしました。ですが、花嫁はもどってきません。泣いている声は聞こえてくるので、眠っているわけでも気絶しているわけでもない。それはすなわち、彼女を苦しめている『気持ち悪いもの』が、いまだこの会場の中に存在しているということの証左です。そして今現在、この会場の中で最も『気持ち悪いもの』であるのが、あなたの手品であったと判明したのです」

「最も気持ち悪い？」

「蓋然性です」と男性は繰り返した。

「あなたも、私の手品が気持ち悪かったと思うのですか？」

男性は黙りこんだ。そして三度ほど唾を飲みこんでから、きゅっと唇を噛《か》んだ。さらにためらうようにため息をついてから、自分を鼓舞するように小さく何度か頷いた。

「言われてみると手品というものは、こう、何と言うんでしょう」遠慮しながらも、最後には言い切った。「確かに、気持ち悪いものだと思いました」

ノートの彼を応援するようにすぐさま、その通りですよという言葉が複数人から続いた。謝ってください、お願いしますと声をかけた人もいた。私は前から手品が気持ち悪いと思っていましたと付け加える人もいた。消え失せろ承認欲求の権化という声も聞こえた。やがて一人の男性に背中をぐいと押されると、手品の彼は観念したように叫んだ。

「わかりましたよ。謝罪すればいいんですね。二度と手品など披露しないと誓いますよ。ええ、誓いますとも」

彼はポケットに手をつっこみ、乱暴な手つきでトランプを取り出した。そして大きく振りかぶり、それをケースごと床にたたきつけた。すると衝撃でケースが開いてしまい、無数のトランプが床に散らばった。さらに反対のポケットに入っていたコインも同様に処理し、ああ、そうかい、気持ち悪かったのかい、二度とやるもんかと啖呵《たんか》を切った。

僕は、少し泣きそうになっていた。すぐさま彼の前に飛び出し、手品が気持ち悪いものであるはずがないと伝えたかった。できることなら彼のことを抱きしめたかった。しかし僕が動き出すよりも先に、手品の彼は控え室のほうに向かって歩き始めていた。大股で、早足で、力強い足取りだった。途中で金色のベストも脱ぎ、それを平然と床の上に投げ捨てた。

「手品を披露した者です」と、手品の彼は扉の前で頭を下げた。「この度は、手品をしてしまいたいへん申し訳ございませんでした。気持ち悪い思いをさせてしまい、申し訳ございませんでした。二度とやらないと誓いますので、どうか出てきてはいただけないでしょうか」

義務的に言い切ると、男性は花嫁の反応を待たず、荷物をまとめて会場を出て行ってしまった。しかし誰も彼を引き留めようとはしなかった。代わりに何人かの男女が控え室の前へと向かい、中にいるであろう花嫁に追加で声をかけた。もう気持ち悪い手品は観なくてすむ。気持ち悪いものはこの会場からすべて排除されたから、ぜひとも出てきて欲しい、と。

しかしそこから何分か待ってみても、花嫁はもどらなかった。

僕は、それはそうだろうと思った。手品の男性が口にした通りだ。あまりにも馬鹿げている。もちろん理由も告げずに控え室にこもり続けている花嫁もなかなか意地が悪いのだけれども、それはそれとして手品を披露した人間を排除したところで喜ぶ人間がこの世界のどこにいるというのだろうか。本当に馬鹿げている。

しかしどうやら、この会場にいる多くの人は、本気で手品こそが諸悪の根源であると確信していたみたいだった。そして予想が外れたことに落胆していた。ある人は腰に手を当ててうつむき、ある人は首をひねりながら独り言をつぶやいていた。

「あの、よろしいでしょうか」と一人の男性が右手を挙げた。

「なんでしょう」と腕を組んでいたノートの男性が尋ねる。

「私も実のところ、言うなれば『気持ち悪い』と感じているものがありまして」

「本当ですか?」

「言語化するのをためらっていて、申し訳ありません」

「とんでもないとんでもない」とノートの男性は首を横に振り、新たな意見を歓迎した。

近くにいた人たちも積極的に男性の告白を促した。どうぞどうぞ、ぜひ今からでもお願いします。さあ、何が気持ち悪かったのか教えてください。

「手品のあとにやっていた……ずばり『ダンス』なのですけど」

「ダンス。ダンスというと――」

「ええ、あの、新婦のご友人が三人組で踊った、Perfumeのダンスです」

私たちのことですかと、一人の女性がいかにも不愉快そうに声を上げた。そして告発した男性に詰め寄る。気づくと彼女の背後にはさらに二人の女性が駆けつけていた。三人ともひらひらとしたダンス用の衣装を身に纏い、顔には信じられないという表情を浮かべていた。

「私たちのダンスが、気持ち悪かったって言うんですか？」

「身も蓋もない言い方になりますが、そうですね……ええ」そう言って男性は、三人組をじっくりと観察し、改めて確信したように「やはり、はい、だいぶ気持ち悪いです」

女性だけではなく、さすがに僕もむっとした。失礼ながら、僕は彼女たちのダンスが始まってまもなく喫煙所に向かってしまったので、彼女たちのダンスはほとんど観ることができていない。それでもどうして結婚式の二次会でダンスを披露することが気持ち悪いとされなければいけないのだろう。

「何がいけなかったって言うんですか？」と三人組の中でもリーダーとおぼしき、センターの女性が食ってかかった。

「逆におうかがいしたいのですが、何かおかしいとはお気づきになりませんか？」

「おかしい？」

「私にはですね、お三方のダンスの意味がこれっぽっちも理解できないのです」

「理解できない？」

「ええ、まったくです。まったくもって理解できませんでした。いいですか、お三方。結婚式とはそもそも、何のためにやるイベントでしょう。これから夫婦になる二人を祝福するためにやるイベントだとはお思いになりませんか？　これ以外の理由がいったいどこにあるのです？」

「何が、言いたいんですか？」

「たとえば、乾杯の音頭。友人代表のスピーチ。二次会の余興。どれもこれも新郎新婦以外の人間がやることにはなりますけど、すべて主役の二人を思ってやるべきことに違いありませんよね？　なのにですよ。あなたたちは何をやりましたか？　『この日のために練習してきたダンスを踊ります』と言って、唐突にPerfumeを踊り出しました。この珍妙さ、奇っ怪さがあなたたちには理解できないのですか？　せめて、ですよ。あなたたちがハッピーサマーウェディングを踊ったのだとすれば、それはまだ一定の意味性を確保することができていました。結婚をテーマにしたダンスをすることによって、一応のところ祝福という体《てい》は保たれるわけですから。しかしですね、あなたたちが踊ったのはPerfumeのレーザービームです。いいですか。Perfumeのレーザービームなんです。いったいぜんたい、何をどうすれば友人の結婚式の二次会でPerfumeのレーザービームを踊ろうという発想に至るのでしょう」

「あのですね」と、女性は冷静になっているふりをしながら言った。「私たちの友人である花嫁は、Perfumeのファンなんです。だから私たちは結婚式の定番ではないかもしれないけれども、Perfumeを選曲した。これで納得していただけますか？」

「ああ、まさしく、そこなんですよ、そこ」と男性はなぜか挑発するように、不気味な笑みを浮かべた。「花嫁はPerfumeが好き。お間違いないですね？」

「そう言いました」

「なら、花嫁を喜ばせるためには、ここに本物のPerfumeを呼ぶべきであったと、そうはお思いになりませんか？　Perfume当人にレーザービームを踊ってもらうべきであったと」

「……あなた正気ですか？　そんなことできるわけないでしょう」

「仰る通り無理ですよ。無理ですとも。それでもあなた、本人を呼べないから、じゃあ代わりに私たちが踊ってあげるねとダンスをすることに、一抹《いちまつ》のおかしさを感じなかったのですか？　仮にあなたがカラオケに行ったとしましょう。その場であなたのお友達が、『あなたのために歌ってあげるね』と宣言した上で、あなたの大好きなアーティストの歌を歌い始めたとして、あなたはどのような感想を抱きますか？　わあ、嬉しい、本当にありがとうねと、お思いになりますか？　百歩譲って、プロの歌手と同等の歌唱力を持っているなら、多少は感動できるかもしれません。しかし、あなたたちはダンスを踊る前に何と仰いましたか？　新郎新婦に向かって何と言ったのか、よくよく思い出してみてください。あなたたちは間違いなく『この日のために練習してきた』と仰いました。仰いましたよね？　そして事実としてお三方のダンスは、素人目《しろうとめ》にもひどいものでした。とてもではありませんがお金を取れるレベルではありませんでしたし、拍手を送るのも惜しいほどに下手《へた》でした。その点、先ほどの手品はまだ技量という点においては、人前で見せるに足る代物でした。さて、あなたたちは今回のダンス、いったいどのような順序で決行するに至ったのでしょう。花嫁を喜ばせたい、そのためにはどうしたらいいだろうか、果たして私たちは何をするべきなのだろうかというところから、あらゆる発想を出発させましたか？　そうではないですよね？　おそらく、というか間違いなく違います。そんなわけがないのです。あなたたちは結婚式の二次会に招待され、何かしらの出し物をお願いしたいと言われた際に、まず自分たちがダンスを踊りたいと、最初にそう考えたはずなのです。あぁ、これはいい機会だな。かねてからダンスをやってみたいと思っていたけれども、ついぞやるチャンスがなかった。しかし友人の結婚式の二次会という舞台であれば、ダンスを披露できそうだ。やってみよう。こういった順序で思考を巡らしていかなければ、まったくもって正気とは思えないこんな奇行に出るわけがないのです。いいですか、よくよく嚙みしめて聞いてください。あなたたちは、ダンスを踊ったあの数分間のうちに、いったいいくつの『気持ち悪い』ことを達成したと思われますか？　考えてみてください。まず、たいへんおめでたい席で見るに堪えないダンスを披露しました。一つ目。さらに祝福の要素がまるでない、個人的に踊りたかったダンスを、花嫁の嗜好《しこう》に合わせたのだという欺瞞《ぎまん》の上に踊ってみせました。二つ目。さらにそれを、そんなダンスを、『今日のために練習した』、言い換えれば『あなたのために練習した』と豪語し、すべてのきっかけを強引に新郎新婦側に帰属させました。三つ目。あなたたちは人の結婚式を文化祭代わりにして弄《もてあそ》び、その上で、あろうことか感謝を求めてみせたのです。この異常事態をなんと表現してみせますか？　これを『気持ち悪い』と呼ばずして、皆さん、他に何を『気持ち悪い』と定義できるのでしょうか？」

男性が演説を終えると、会場には拍手が湧き起こった。そして彼を讃《たた》える言葉が次々に、そこかしこから響いた。これだ、これこそが、花嫁を苦しめた気持ち悪いものだったのだ。もちろんダンスを披露した三人組は一人残らず涙を流していた。反論する言葉も、会場の空気に抗《あらが》う気力も残されていないみたいだった。

「では、控え室のほうに」とノートの男性は三人組を促した。

「待て待て、まず衣装を着替えさせろ。その衣装も『気持ち悪さ』をだいぶ増幅させている。肥大化した自意識の象徴だ」と少し離れたところにいた男性が野次を飛ばした。

三人は連行されるようにして更衣室へと向かうと、強制的にもとのドレス姿へともどされた。

「なんて、謝ったらいいんですか」と三人組のリーダーは尋ねた。ふてくされているわけではなく、本当に謝罪の仕方がわからないので正しい作法を教示して欲しいという感じの尋ね方だった。三人ともすっかり心が折れていた。

「気持ち悪い思いをさせてしまって申し訳ありません、から始めるのがベターかと思います」とノートの男性は教えてあげた。「また可能なら、衣装のことにも言及した上で、二次会を文化祭と勘違いして私物化してしまったことに対して心から反省していることを添えられれば万全かと思います」

三人が控え室へと向かう姿を、多くの人たちはまるで監獄に連れて行かれる大罪人を見るような目つきで見つめていた。誰もそんなことはしなかったけれども、僕は誰かが彼女たちに向かって石を投げ出すんじゃないかと思った。僕はそんな光景を見ていると、やっぱり悲しい気持ちになった。手品に比べると、ダンスに対する思い入れはだいぶ薄い。Perfume についても特に強い関心はない。

それでも彼女たちがここまで強烈に批判されなければいけない理由はわからないし、彼女たちのせいで花嫁が控え室に閉じこもってしまったとも思えなかった。

　みんなすっかり疲れてしまっているのだと、僕は考えた。大事な会が思わぬアクシデントによって中断されてしまい、再開の方法もわからないまま三十分以上が経過してしまっていた。誰もが心を壊してしまっているのだ。

「確かにダンスは気持ち悪かったな」と言ったのは、僕の友人だった。彼はジンバックをあおりながら、心の底から納得した様子で頷いていた。「前々からうっすらと思ってた」

「すみませんでした」とダンスを踊った三人は声をそろえ、控え室に向かって深々と頭を下げた。同時に重力に引っ張られるようにして、何粒もの涙が床に吸いこまれた。彼女たちはノートの男性のアドバイスに従い、自分たちが披露したダンスがいかに独善的で醜悪なものであったのかを訥々《とつとつ》と説明した。そして今では心から自分たちの失態を恥じていると明言した上で、お願いだから会場にもどってきて欲しいと伝えた。

　しかし花嫁は、もどらなかった。

「クイズだ。絶対」と、まるで機会を窺っていたかのようにまた新たな男性が手を挙げた。彼はどうやら元英会話サークルのメンバーだったようで、ノートの男性とも顔見知りのようだった。

「クイズって、手品の前にやってた久保田《くぼた》くんの、かい？」

「それしかないだろ。今日という今日こそ、ちゃんと指摘してやらなくちゃいけない」

彼はそう言うと、大きな声で久保田と叫んだ。そして人波の中からやや小太りの男性が現れたのを確認すると、容赦なく彼の首根っこをつかんだ。おそらく彼が久保田氏なのだろう。

「皆さん、彼が久保田です」と男性はまるで捕獲した動物の説明をするように言った。「久保田は先ほどクイズ大会を取り仕切っていた人間で、我々と同じ英会話サークルに所属していた人間です。新郎新婦も同じサークルでした。よって新婦も、我々も、彼の性格はたいへんによく理解していま す。それゆえに——という可能性も十分にあるのですが、しかし皆さん、いかがだったでしょうか。彼が先ほど主催したクイズ大会、気持ち悪くはなかったでしょうか？」

僕は、頭が痛くなり始めていた。どうしてクイズ大会が気持ち悪いとされなくちゃいけないんだろう。僕はずっと手に持っていたオレンジジュースにようやく口をつけ、よどんだため息をついた。

「クイズというものがそもそも苦手だよという方、おそらく少なくないと思います。この場にもきっと何人かいらっしゃるのではないでしょうか。この場合の苦手というのは、上手に答えられないですとか、知識量が足りていないという意味ではなく、そもそもこういった形式のクイズを出題されることが、すでにストレスで、気分が悪く、花嫁の言葉を使うなら『気持ち悪い』と感じてしまうという意味です。私は正直に申し上げて、それです。クイズがとても、とても苦手です。テレビでやっていたり、あるいはゲームセンターにある機械などが出題してくれる場合はまだよいのです。しかし先ほどのようなクイズでは、我々はひたすら試される時間を過ごすことになります。何せ、問題はすべてここにいる久保田が用意していたわけで、つまるところこれは最初から、この場にいるすべてのありとあらゆる人間が、久保田には決して勝てないという仕組みになっているからです。

我々はただ久保田に試されていたのです。『自分はわかってますけど、皆さんはわかりますかね』。久保田はクイズ大会の最中、ひとりずっとほくそ笑んでいたわけです。『この、賢い私と比べて、あなたたちはどうなんですかね』と」

違う、と弁明しようとした久保田氏の口を塞《ふさ》ぎ、男性はさらに声のボリュームを一段階大きくした。

「仮に、です。本当にこの場を盛り上げるクイズ大会を、この場に即したクイズ大会を催そうと思ったのなら、先ほどのダンスの話に通じますが、二人の馴《な》れ初《そ》めですとか、共通点や趣味嗜好、そういった種類のクイズを出すのが妥当だとは思われませんか？　二人の初デートはどこだったのでしょう。二人の出身地は、二人の通っていた大学は、どこだったのでしょう。ですが皆さん、先ほどこの久保田が出題したクイズの一問目、覚えているでしょうか。私はこの一問目を聞いた瞬間に、私たちのよく知る久保田が、私たちのよく知る久保田的な悪癖をさらしていると、頭を抱えそうになりました。一問目は皆さん、こうでした。『地球で一番高い山はエベレストですが、火星で一番高い山はなんでしょう?』。どうですか皆さん。こんな問題、いったい久保田以外の誰が答えられるというのでしょうか。どう考えても――」

「いや、これはクイズが好きな人なら普通にわかる問題なんだよ」

「あぁ、皆さん。これです。これなのです」

男性は決定的な瞬間をとらえたとばかりに、声をさらに張り上げた。

「皆さんこれが久保田の悪いところなのです。実力を誇示したい。自慢話がしたい。多くの人からの称賛を浴びたい。そう考えている人間である一方、死んでも『気持ち悪い』人間だとは思われたくないという、過剰な防衛本能を備えてしまっている人間なのです。すごいと思ってもらいたいのに、素直に『すごいでしょ?』と口にすることができない。だから一周回って、今回のような屈折した自慢しかできないのです。この二重三重に捻転した気持ち悪さ、我々は大学時代から嫌というほど体感し続けてきました。そして今日のクイズ大会は、まさしく彼の気持ち悪さが濃縮されたような時間でした。本当に、本当に、心の底から気持ち悪かった。私は花嫁が逃げ出してしまった最大の理由は、彼のクイズ大会が原因だったと確信しています。さあ、皆さん。皆さんはどう思いますか?」

本当に気持ち悪かったと最初に援護射撃をしたのは、元英会話サークルの面々で、瞬く間に彼を非難する声は会場中に広がっていった。誰かは、今までで一番気持ち悪いと叫んだ。また別の方向からは、見た目もよろしくないという声が飛んできた。最後にはノートの男性が久保田氏に歩み寄って、彼の肩を力強く叩《たた》いた。

「久保田……謝ろう。お前は、気持ち悪い」

久保田氏はこぼれ落ちる涙を一切拭わなかった。時折思い出したように控えめに洟をすすり、気だるそうな足取りで控え室のほうへと向かう。

クイズをやってしまい、本当に申し訳ありませんでした。気持ち悪い思いをさせてしまい、本当に申し訳ありませんでした。

彼が言い終わると同時に、元英会話サークルのメンバーたちは一斉に声をかけた。気持ち悪い思いをさせて、本当に申し訳なかった。でも安心して欲しい。今度こそ気持ち悪いものは取り除かれた。何も怖いものはないから、お願いだからもどってきて欲しい。

数十人が木製の扉に向かってひたすら語りかけ続ける。それは当たり前だけれども、とんでもなく奇妙な光景だった。まるで理不尽な理由で解雇されてしまった社員たちが、雇い主に説明を求めているようだった。僕はさすがにここまでくると、めっきり気分が悪くなってしまっていた。僕は友人に、もう帰ろうと小声で提案してみた。

だけれども友人の耳に僕の言葉は届いていない様子で、「クイズじゃないのか……せっかくクイズも気持ち悪いことがわかったのに」とつぶやいていた。そして頬にはうっすらとした笑みさえ浮かべていた。僕はぎょっとして、しばらく友人の顔を呆然《ぼうぜん》と見つめてしまった。

「ものすごく単純に、この人って可能性はないでしょうか？」

すぐ隣に立っていた男性がそう言ったので、僕は思わず目を瞬《しばたた》いた。まさか僕のことを言っているのだろうか。しかしよくよく彼の指差す先を見つめてみると、そこにはモデルのような高身長の女性が立っていた。すらりとしていてとてもきれいな女性だった。

「会場に来たときからずっと」と男性は憎々しげに言った。「こんなにも全身に隈《くま》なくヴィトンのマークが入ってるドレスを着てるのって、ずいぶんと下品で気持ち悪いなと思っていたんですけど、皆さんどうでしょう？」

「あの、お言葉ですけど」と女性はすぐさま男性に詰め寄った。そして男性が着用していたジャケットの裾をつかみ、まるで繊維の強度を確かめるみたいに何度も力強く引っ張った。「人の結婚式っていう大事なイベントに、こんなファストファッション丸出しのてろてろのジャケットを着てくる感性のほうが、どう考えても気持ち悪いんですよ。教養を身につけてください。それに私、服装で言うんだったらあの人が一番気持ち悪いと思います」

今度はヴィトンの女性が、別の女性を指差した。

「まず白いドレスを着てくる時点で常識ないのが丸わかりですし、あんな露出狂みたいに胸元見せつけるなんて品性を疑います。キャバクラで働いている女性でもあんなに胸は出しません。男を漁《あさ》りに来たみたいで、ものすごく気持ち悪い」

「え、私？　いきなり失礼じゃないですか？」

「あ、自分もいいですか？」

「ちょっと待ってください、私、たぶん答えがわかりました」

三人、四人と広がり始めた議論の輪が、徐々に収拾がつかないほど大きく広がっていく。あれが気持ち悪いと思います、私はこれが気持ち悪いと思います。何人もが我先にと手を高く挙げ、思い思いの「気持ち悪い」を自分勝手に発表し始めた。

ＢＧＭが止まってしまってから基本的にはずっと静かだった会場が、にわかに騒々しくなる。まるで酔った指揮者が乱暴にタクトを振り回し始めたみたいに、みるみるうちに会場はとんでもないボリュームの叫び声の中に飲まれていった。誰かの指摘が、別の誰かの指摘を呼び、その指摘がまた別の角度の指摘を呼びこんだ。前の人の指摘に押し負けないようにすると、必然的に誰もの声が大きくなっていく。誰かは、先の尖《とが》った革靴が気持ち悪いと言った。別の誰かは、そり残した髭《ひげ》が気持ち悪いと言った。更に遠くのほうからは、何でも否定から入ろうとするお前の姿勢が前々から気持ち悪いと思っていたと、誰かのことをなじった。

「最初っからリーダー面して会議を仕切り続けてた英会話サークル。お前らが一番気持ち悪かったぞ」と、僕の友人が指を差しながら叫んだ。

僕はいよいよ、これはまずいと確信した。そして僕が確信したのとほとんど同じタイミングで、どこからか食器の割れる音が響いた。振り返ってみると、男性二人が取っ組み合いをしているのが確認できた。スーツが汚れるのも気にせず、互いの襟首から両手を離さずに床を転がり続ける。その横では女性が髪を引っ張り合っていた。ドレスを破かれた女性もいる。誰かが叫ぶと、呼応するようにまた別の叫び声が響いた。

「だから、タトゥーを入れようと思ったのは構わないんだよ。タトゥーを実際に入れたのも、そんなもの個人の自由なんだから好きにすればいい。おれが言いたいのは、お前がただ『かっこいい』と思って個人的な趣味の範疇《はんちゅう》でタトゥーを入れただけなのに、あるときから突然『タトゥーを入れてる人に対する偏見を少しでも減らしたいからタトゥーを入れた』って口にし始めたのが心底、気持ち悪いってことなんだよ。個人的な欲求を満たすために始めた行為に、後から社会問題を持ち出すことほど恰好《かっこう》の悪いことはないぞ。胸の大きな女性が大好きで、胸の大きな女性のグラビアをたくさん見たいだけなのに、『胸の大きな女性の人権を守るために活動しています』って微塵《みじん》も考えてなかった社会問題を後から持ち出すのと同等の気持ち悪さがあるんだよ。気づいてくれ、頼むから気づいてくれ。本当に気持ち悪いからな」

「普通に面白かった、面白くなかっただけで私はいいと思うの。なのにどうしてあなたはいちいちネタ番組とか、M-1とかを観た後に、何の実績もないくせに、まるで専門家気取りで笑いの分析をしようとするの？　あれってあなた、本当に気持ち悪いのよ。『このフリがないと、ウケないんだよね』なんて言ってるけど、そんなこと分析しなくても誰でも普通にわかるのよ。いい？　もう一度言うわ。誰だってわかるの。あなた、自分だけがこの世界において唯一お笑いを理解しているみたいな態度をとり続けてるけど、本当に、ただただとんでもなく気持ち悪いだけなのよ」

「結局ね、お前は結婚したことも、女の人と付き合ったこともないわけだ。なのに結婚は地獄とか墓場とか、恋愛は馬鹿がすることだとか、ただ自分が臆病で女の人にアプローチできないだけなのに、冷静な判断をしているふりをするのを、いい加減やめようって話なんだよ。そろそろ自分の無力さと向き合え。『年収一千万円を超えていない男性とは交際できないです』なんてことを言ってる独身女性、実際はそんなにいないんだよ。極々少数しか存在していない敵を無理に持ち出して、一生懸命女叩きに励んでるんじゃないよ。そういうの、ほんと気持ち悪いんだ」

　僕の目の前を、誰かが投げたフォークが通過する。反対側からはワイングラスとナイフが飛んでくる。

　僕は命の危険を感じ始めていた。いまや会場は、ほとんど戦地といってもいい状況だった。僕は思わず腰を低く落とした。運の悪いことに、僕がいる場所はこの会場の中でも最も戦闘の激しい地域だった。まずは多少なりとも安全と思われる、会場の隅のほうを目指さなければならない。ひとまず僕はそのまま床に倒れこみ、クロークのほうへと向かってゆっくりと匍匐前進《ほふくぜんしん》を始めた。上空では四方八方からひっきりなしに、何かが飛んできては消えていった。またどこかで何かが壊れる音がして、誰かが誰かを殴りつける音が聞こえた。床に倒れこんでいる人もいた。すでに事切れているようにぴくりとも動かず、口からは血を流していた。

機関銃が連射されるように、誰かを気持ち悪いと指摘する声が脈絡なく、次々に僕の耳の中へと侵入してくる。

いいかい、きちんと愛するパートナーを探さずにひたすら相手を取っ替え引っ替えしているお前は、本当に気持ち悪いんだ。君はネット論客のことを馬鹿にしているけれど、傍《はた》から見ると君は実にネット論客にそっくりで、同族嫌悪なのが丸わかりでかなり気持ち悪い。ミステリー小説を書いてる人ってそもそも例外なく気持ち悪いんだよ。シャネルの腕時計を使ってるのは気持ち悪いんだよ、カルティエとかブルガリならまだわかるけどさ。いや、そもそも腕時計は必要ない時代だから、腕にApple Watch以外の何かを巻いている時点でそうとう気持ち悪いですよ。Apple Watchこそ気持ち悪いだろう。無理して港《みなと》区住んでるの気持ち悪いなって思ってました。軽自動車なのにわざわざ白いナンバープレートに変更してるの、気持ち悪いって自覚ありますか。お前、カラオケで高得点を出そうとして無理に下手なビブラートを入れるだろ、あれ、異常なほどに気持ち悪いぞ。あんた毎週どっかに遊びに行ってるでしょ、あれ気持ち悪いよ。音楽フェスに行こうとするな、気持ち悪い。いつまでも有線のイヤホン使うのやめろよ気持ち悪い。色気づいて男のくせに脱毛なんてしてて、わかりもしないのに政治のことなんて話して、美術展に行って同行者にいらないうんちく垂れ流し続けて、本当に、本当に、気持ち悪い。

「もうこういうのやめようよ。みんなおかしい。ちゃんと花嫁のためにもう一度まとまろう」

「見ろ、合唱祭の練習をしているときのクラスリーダーみたいな気持ち悪い女がいるぞ。とっ捕まえてたたき出せ」

ようやくクロークの前に辿《たど》り着いた僕は、壁を背にして座りこんだ。近くには同じように戦火から逃れてきた人たちが何人か丸まっていた。ある人は震え、ある人は嘆き、ある人は神に祈りを捧《ささ》げていた。

「す、すみません、そちらの方」と礼服姿の男性が四つん這《ば》いで話しかけてきた。「私は、気持ち悪くないでしょうか？　大丈夫でしょうか？　大丈夫だって言ってもらえるでしょうか？」

僕はもちろんですよと答えようと思った。だけれども僕が口を開くよりも先に、彼は体の大きな山賊《さんぞく》のような男性に捕らえられてしまった。シャツの襟をつかまれ、会場の中心部に向かって引きずられていく。

「ゲームをやるとき、必ず女性のアバターを使うお前が気持ち悪くないわけないだろ」

すっと、自分の体から魂が抜けていくような脱力感を覚えた。僕はそのまましばらく、まるでドキュメンタリー番組を見るような心地で乱闘騒ぎを眺めていた。ほんの数十秒という短い間に、僕の耳は百回近い「気持ち悪い」を拾った。そして「気持ち悪い」と叫ぶ彼らの表情が、皆どことなく楽しげであることに気づいた。気のせいではない。彼らはすっかりこの状況を楽しんでいた。

そして僕は不思議なことに、不意に幼少の頃の障子張りの記憶を思い出していた。

群馬の山奥に住んでいた祖父は、もう張り替えるから好きに破っていいよと言って、僕やいとこを含めた七人の孫に、古くなった障子を破ることを許可した。これはとても特別なことだと僕は思った。試しに障子のひと区画を拳で破る。何かを合法的に破壊できる気持ちよさは、これまでに味わったことがない特別な甘さを備えていた。僕はもうふた区画ほど拳で貫いてみた。しかしそれで満足してしまい、今度はどうしても障子のひと区画を持ち帰りたいと考え出した。僕は祖父に依頼し、障子の一部分をカッターナイフで切り取ってもらった。何に使う予定もなかったけれども、採取された薄紙はとてもきれいで僕はたいへんに価値のあるものを手に入れられたと大いに喜んだ。僕のはしゃぎようを見た両親は、薄紙をクリアファイルに挟んで持ち帰ってくれた。

あの薄紙は、結局あの後どうしたのだろう。そんなことを僕は考えた。そして気づくと僕の目からは、止めどなく涙がこぼれていた。僕は、結局一度も開いているところを目撃できなかった、控え室の扉を見つめた。

「まるで、天岩戸みたいだ」と、僕は声に出して言ってみた。

果たして本当に、あの中に花嫁はいるのだろうか。僕にはだんだんと、その答えがわからなくなっていた。もちろんいるのだろうと思う。でも同時に、あの中に花嫁がいるのかいないのかは、今となってはあまり重要なファクターではないのだろうなとも思い始める。それどころかひょっとすると、この会場にいる多くの人たちは、花嫁があの扉の中に閉じこもり続けることを祈っているのかもしれない。

僕は会場の中心で暴れている人たちの何人かが、坊主頭になっていることに気づいた。ほとんどは男性だったが、何人か女性も紛れている。よくよく確認してみると、ステージの中央付近でバリカンを握っている男性がいることに気づく。きっと「気持ち悪い」とされた髪型を矯正しているのだろう。そしてステージの横には、大きなごみ箱が用意されていることにも気づいた。男性が嬉しそうな顔で、中に何かを押しこんでいるのが見える。それは誰かのドレスで、誰かの靴で、誰かの腕時計だった。たぶんだけれども、全部「気持ち悪い」とされたものなのだろう。

僕はきっとそれがよくない結果を生むことだと理解していながらも、ポケットからたばこをとり出した。そうせざるを得なかった。いつもの手つきでジッポーを取り出すと、大好きなたばこに火をつける。そして血管の隅々まで行き渡らせるように、長く、深く、煙を吸いこんだ。吸いこみきると、ゆっくりと煙を吐き出した。それをひたすら繰り返した。

まもなく会場の真ん中あたりから走ってきた男性が、僕の頬を思い切り殴りつけた。くわえていたたばこは宙を舞い、やがて黄色いカーペットの上にぽとりと着地する。男性は無抵抗の僕を組み伏せた。そして喫煙という行為がいかに「気持ち悪い」ものなのかを語り、ひたすら僕の顔面を殴り続けた。彼に言わせると、ジッポーで火をつけるのも気持ち悪いし、僕が吸っていたナチュラルアメリカンスピリットという銘柄も気持ち悪いらしい。

「抵抗しないのも気持ち悪い」と男性は笑顔で言った。「何かお前、気取ってて全体的に気持ち悪いぞ」とも言った。

僕は殴られながら少しずつ意識が遠のいていくのを感じていた。そして僕は、自分がかつての日の障子紙みたいになっていることに気づいた。僕はまた横目で、控え室の扉を確認してみた。もちろん扉が開きそうな気配はまるでない。僕は天岩戸のことを考え、そして唐突にひとつの答えに辿り着いた。あぁ、きっと、このまま世界は滅びるんだろうな、と。

「お前は、頭の中でも気持ち悪いことを考えていそうだ」

僕はとうとう壊れてしまった。頭の中のことまで指摘されたら、どうしようもない。僕は気取っているのだろうか。確かにそうだったかもしれない。ならどうする。どうしようもない。鼻血が出てきた。痛い。辛い。怖い。やめて欲しい。

「このくらいにしといてやる、後でお前も坊主にしてもらえ」

僕は起き上がった。しばらくぼうっとしていた。僕はジャケットを脱いだ。靴も脱いだ。ネクタイも外して、ジッポーもたばこも捨てた。よかった。よかった。焦げ臭い匂いがする。床に落ちた僕のたばこがカーペットを焼いていた。このままだと火事になるかもしれない。でもまあ、いいか。よくよく考えれば、結婚式は気持ち悪くて、結婚式場も、二次会会場も気持ち悪い。いっそこのまま燃えてしまえ。

僕は起き上がる。なんだか楽しくなってくる。まずはステージに行って、坊主頭にしてもらおう。それから気持ちの悪いやつを探して、思い切り、ぶん殴ってやればいい。

大丈夫、花嫁はもどらない。

*

# 4　ファーストが裏切った

The first baseman turned traitor.

*

## 【白球の軌跡 vol.100
## 鳥兜《とりかぶと》の乱～裏切りの向こう側～】

### ■あの日をもう一度、見つめる。

ベンチへと引き揚げる男の足取りは、何かから逃げているようでもあった。

「幕が開けた。開けた」

うわ言のように繰り返していたとされる台詞《せりふ》は、後にこの珍事の代名詞となる。

2021年7月11日。当時すでにマリーンズの担当から外れていた私は、震源地となった千葉マリンスタジアムから遠く離れた福岡の地で、別の試合の取材にあたっていた。

選手が裏切ったらしい。

懇意にしている他紙の記者が伝えてくれた珍妙な一報に、私はこの時点では大きな関心を払うことができていなかった。何よりも「選手が裏切る」という言葉の意味するところを、正確に捉えることができなかったのだ。よって試合後の取材を一通り完了させ、速報としてアップされているいくつかのハイライト映像を確認した際には言葉を失った。文字通り、試合中に選手が一人、チームを裏切っていたからだ。

プロスポーツの最前線をお届けしてきた本誌、文報社《ぶんほうしゃ》「FLIEGEN《フリーゲン》」だが、今年で創刊50年の節目を迎え、同時に90年代後半から不定期で始まった「白球の軌跡」のコーナーがちょうど掲載100回に到達することとなった。これを記念し、いつもとは少々毛色の異なる特集記事をと依頼されたのは、思い返せば半年以上前のことになる。野球史を俯瞰《ふかん》し、果たしてどの瞬間を切り取ってみようかと頭を悩ませた私は、不意にあの日の衝撃を思い出した。

事件からおよそ5年の歳月が経過したこのタイミングで、改めて「鳥兜の乱」に真正面からメスを入れられないだろうか。

他に類を見ない衝撃的な事件であったにもかかわらず、その詳細に踏み込んだ記事は想像以上に少ない。事件直後は「違法薬物の使用」「八百長の存在」「野球賭博との関わり」など様々な可能性が議論され、ともするとプロ野球という存在そのものを脅かす、壮大な闇の一端が垣間見えたのではないかとさえ噂された。かく言う私も瞬間的には巨大な事件背景を予感し、ジャーナリストとしての本懐を遂げるときが来たのかと襟を正した。

しかし結論は、今となっては周知の通りである。チーム関係者からはひたすら困惑の言葉が零《こぼ》れ、あらゆる取材や調査が様々な角度から切り込むも、陰謀や黒い影の存在はどこにも見つけられなかった。どうしてあの選手があんなことをしたのか、誰にもわからない。必然的にあらゆる疑問は当事者である選手当人に向かうこととなったのだが、男はあらゆるメディアの接触を完全にシャットアウトした。一時はどうしても男の証言を取りたいと躍起になった記者もいた。しかし時間の経過とともに粘り強く対応するだけの価値を見出《みいだ》せなくなっていったのか、多くの者が当該選手との接触を諦めていった。まもなく真相は闇の中へと消えていく。

今回の記事を執筆するにあたり、記念号に相応《ふさわ》しい題材は他にいくらでもあるはずだとの指摘が、編集部内からは複数上がった。彼らの言い分は至極もっともなもので、私も「鳥兜の乱」は衝撃的でこそあったが、間違っても後世に語り継がれるべき重大事件だとは思っていない。ただ一方、まさしく「異常」としか言いようのない事件の原因を、選手一人の「乱心」で片付けてしまうことには疑問、あるいは強い言葉を使うのならば「危機感」を覚えた。鳥兜万次郎《まんじろう》は「どうかしていた」。これだけの台詞で何かを説明できた気になるのは、ジャーナリストとしても、一市民としても、看過してはならない蛮行に思える。あの事件を語るならば、周辺関係者たちの記憶もまだ完全には風化しきっていない今が最後のチャンスと踏み、私は執筆に向けて本格的に動き出した。そして完全に雲隠れしてしまったと噂されていた事件の中心人物、鳥兜万次郎元選手の現在の居所を摑《つか》むことに成功した。

導入が長くなってしまったが、この記事は鳥兜万次郎元選手の経歴を振り返り、彼が起こしてしまった前代未聞の裏切り事件、通称「鳥兜の乱」の顚末《てんまつ》について改めて詳述する。そして彼や、当時の事件関係者にインタビューし、事件を立体的に再解釈することを試みた。

先に結論を述べておくと、残念ながら鳥兜元選手から裏切り行為についての明確な動機を聞き出すことはできなかった。しかし本記事が「鳥兜の乱」の核心に最も迫った記事であることは疑いようがない。またある意味では「動機」を語れないことこそが、今回の事件の重要な鍵であったのではないかと私は推察する。

**■脚力は盗塁王クラス。トリプル3もありうる大器。**

「打撃は荒削りだったが、ボールを遠くに飛ばす力と、何より脚力に惹かれた。足だけならすでに一流でした」

当時大学生だった鳥兜に目をつけたのは、ベテランスカウトの望月泰彦《もちづきやすひこ》氏であった。茨城情報大学。お世辞にも名門とは言えない大学の野球部を訪れたのは、ほんの偶然からだった。

「ちょうどBC茨城が立ち上がるって話が持ち上がってた頃で、たまたま大学のグラウンド近くを通りかかったんです。野球をやってるな、どこの子たちだろうって気になってネット越しに見てたら、一人だけ明らかに身長が抜けたひょろーっとした男がいました。グラウンドのサイズは広くなかったですが、涼しい顔してティーで何本も柵越えを打つんです。これは無視できない存在だと思いました」

望月氏と鳥兜万次郎の出会いである。望月氏は門をくぐり、早速監督に声をかけた。自身がマリーンズのスカウトであることを告げると、監督はすぐさま鳥兜を呼び寄せた。

「口下手な子でしたね。『うん』とも『はい』とも言わない。小さく頷《うなず》いたり、首を振ったりして意思表示をするだけ。緊張しているのか、練習後で疲れてるのかと思って当時は気にもしませんでしたけど」

　鳥兜は消極的ながら、プロ野球に対する興味を示した。望月氏はそこから茨城情報大学の試合を注視するようになる。ドラフト直前、望月氏が球団に提出したレポートには以下のような評価が記されていた。

「脚力は盗塁王クラス。打撃は荒いが、上半身主体のフォームが改善されればトリプル3もありうる大器。外野がメインだが、1、3塁も無難にこなす」

　2017年。マリーンズはドラフト7位で鳥兜万次郎外野手を指名する。指名直後はファンの間で珍しい名前が話題となったが、下位指名であったこともあり注目度は低かった。契約金2500万円、年俸800万円（いずれも推定）。学生時代はひときわ目立った身長186センチの体軀《たいく》も、プロの世界に飛び込めば「やや高い」という印象に留まる。アマチュア時代に輝かしい実績を残せたわけでもなく、変わった出自や個性的なエピソードの持ち合わせもない。必然的に鳥兜に関する報道は少なかった。

「あの年は同い年がいなかったから、少し不憫《ふびん》でしたよね」

　マリーンズ浦和《うらわ》寮の寮長を務める田井中継男《たいなかつぎお》氏は、そう言って目を細めた。支配下と育成、合わせて9人の選手がマリーンズに入団した2017年であったが、大卒で入った選手は鳥兜ただ一人であった。

「ただ彼が同期選手とうまくコミュニケーションがとれなかった理由は、年齢だけが問題じゃないんだろうなと徐々に気づいていきました。長年寮長をやらせてもらってますが、初めて見るタイプの選手でした。食事の時間に遅れたり、当番を忘れたりするようなルーズなところはないんです。なのに、どこか抜けているような印象を周囲に与えてしまう。どんな話題を振ってみても話に食いついてこない。かといって野球に命を捧《ささ》げている雰囲気もない。一見するとものすごく真面目。反面、気合いやハングリー精神がまるで感じられない」

入団後の石垣島《いしがきじま》キャンプでは多くの新人選手とともに1軍帯同が決定。シートバッティングにて石岡《いしおか》や益山《ますやま》といった一線級の投手から安打を放った際には即戦力の逸材かと期待感が高まったが、オープン戦では16打数1安打と振るわなかった。まもなく開幕2軍が告げられる。

## ■頑固とも素直とも違う。

イースタンの開幕戦では左翼手としてスタメンを勝ち取るが、終わってみれば1年目の成績は打率・204、本塁打2本、19打点。7位指名とはいえ、大卒外野手としては物足りない結果で終わってしまった。入団から4年間、2軍で鳥兜の打撃を指導したのは数々の大打者を育成してきた名コーチ、大岩勝《おおいわまさる》氏であった。

「上体でボールを迎えにいく癖が強くて、1年目はひたすらそこの修正に苦労しました。うまくボールを引きつけて打てたときの打球は凄《すさ》まじいものがありましたね。ただそれ以上に、摑みどころのない性格をしていました。指導をすると、もの凄《すご》く素直に反応するんです。でもグラウンドをぐるっと一周して戻ってくると、まったく言ったことを守っていない。どうしたんだと尋ねると、すぐに反省したように指導通りの動きを始める。でもまた一周すると——その繰り返しです。頑固とも素直とも違う。心の中に『芯』を持てていないような印象でした」

そんな鳥兜は、2年目の7月からぱたりと試合に出なくなる。試合中、盗塁を試みた際に相手野手と激しく交錯。右膝前十字靭帯《じんたい》の損傷。全治には1年以上かかると診断された。

「普通は青ざめるところですけど、あくまで淡々としていましたね。私から打撃の指導を受けたときと同じようなリアクションでした。『全治1年ですか、なるほど』というような感じで。まだ2年目だから簡単にはクビにならないだろう、というような狡猾《こうかつ》な打算はなかったと思います。とにかく終始ぼんやりしてるんです。もう終わりだと絶望されるよりはよかったですけど、もう少し危機感を持ったらどうだと尻を叩《たた》きたい気持ちもありました」

鳥兜は長いリハビリ生活を、やはり淡々とこなした。そして3年目の9月に練習を再開し、この年のフェニックス・リーグで久しぶりの試合出場を果たす。傷は癒え、4年目は万全の状態で迎えることができた。しかし開幕1軍の切符は摑み損ねる。

6月が終わった時点で2軍での打率は・219。お世辞にも好調とは言えなかった。当時私は他球団の担当をしていたが、何度かイースタンで鳥兜の打席を観たことがある。1年目のときに比べればいくらか洗練されていたが、素人目にも硬さが感じられた。バットのヘッドが一度大きく下がり、そこから掬《すく》い上げるようにしてのスイング。さして注目していたわけではなかったが、殻を破れずに終わってしまう選手を見るのはいつだって気持ちのいいものではない。大卒4年目で1軍出場なし。2軍での成績も今ひとつ。このまま終わってしまうのだろうか。

終末の気配が漂い始めていた鳥兜の野球人生に、しかし転機が訪れる。

## ■初めての1軍昇格。

2021年7月11日。鳥兜万次郎の名前が、初めて1軍登録された。好調さを買われての登録でないことは誰の目にも明らかであった。前日に谷間で先発したピッチャーが登録を抹消。枠が一つ空く。中継ぎは充実しており、新たに登録すべき投手はいない。ならば不足しているポジションはと2軍を見回したときに、守備位置の関係で鳥兜に白羽の矢が立った。

「怪我はよくなったと聞いている。目の前で動きを見てみたい。チャンスは確約できないが、もちろん機会があれば使う」

鳥兜について尋ねられた当時の樋口《ひぐち》監督のコメントからも、必ずしも待望の昇格ではなかったことが窺《うかが》える。初めて1軍登録の選手としてマリンスタジアム入りを果たした鳥兜は、試合前のインタビューに以下のように答えた。

「与えられたところで、精一杯頑張ります」

この日、鳥兜万次郎はチームを裏切ることとなる。

ここまでを総括したところで、やはり「鳥兜の乱」を予感させる異変は何も察知できない。鳥兜万次郎はある意味でプロアスリートらしからぬ性格をした、捉えどころのない選手であったのかもしれない。しかしチームに対しての苛立《いらだ》ちや不信感を匂わせる言動もなければ、不当な扱いを受けた形跡も見当たらない。また彼に対するチーム関係者の対応も、取り立てて問題のあるものではなかった。何も起きる必要はなかった。いつも通りのプレーボールとゲームセットが、待っているはずだった。

定刻通りの17時、試合が始まる。もちろん実績のない鳥兜はベンチスタート。監督は「機会があれば使う」と口にしたが、客観的に見て鳥兜に出番が回ってくる可能性は極めて低かった。鳥兜の武器は走力であったが、チームには走りのスペシャリストである幸田《こうだ》をはじめ、林《はやし》、福山《ふくやま》など、実績のある足自慢たちがずらりと待機していた。打撃に関しても鳥兜以上の選手が多数ベンチ入りしている。しかもそのほとんどが鳥兜と同じ左打者であった。鳥兜が必要とされるシチュエーションは極めて限定的。

更に折悪《おりあ》しく、この年は新型コロナウイルス感染症拡大による影響で、延長戦が存在しなかった。同点の場合は9回で試合が打ち切られる。必然的に起用される選手の数も少なく済んでしまう。そのため、ベンチ入りメンバーをすべて投じるような総力戦は発生しにくい状況にあった。

のだが、この日は例外であった。

■怒濤《どとう》の乱打戦。

試合は序盤から激しく動いた。初回はどうにか無失点で切り抜けたマリーンズ先発の児玉《こだま》だったが、2回に一挙4点を失い降板。即座に2番手の坂村実《さかむらみのる》にスイッチされる。その後3回までは無失点で切り抜けたが、そこから我妻《あがつま》、保野《ほの》、アーロン、田端《たばた》と小刻みな継投をする必要に迫られ、チームは7回までに6投手を投入。いずれの投手も精彩を欠いた投球が続き、気づけばチームは10失点。しかしワンサイドゲームとならなかったのは、マリーンズ打線が奮起したからだ。どうにか6回までに9点をもぎ取り、7回の裏開始時点では10－9の1点差ゲームを作ることに成功していた。

そして7回裏にビッグイニングを作る。8番の内岡《うちおか》から始まった攻撃は、代打門田《かどた》、代走幸田の起用も奏功して一挙5得点。10－14と形勢を逆転させる。8回表からマウンドに上がったセットアッパーの佐々部《ささべ》が相手打線をピシャリと3人で抑え、さらにその裏の攻撃では先頭の藤木《ふじき》に一発が飛び出しダメ押し。10－15。乱打戦ではあったが、さすがに8回の裏で5点差をつけると、チーム内にも静かな余裕が生まれ始めた。樋口監督は代打策に出る。日頃、出場機会に恵まれない選手たちが積極起用され始めた。

チームの主砲、マールスに代わって告げられた代打は、鳥兜だった。

## ■「ノリ悪いやつやなぁ」思いました。

鳥兜の名がコールされた瞬間、球場は沸いた。メディアへの露出も少なく、2軍成績も今ひとつ振るわない鳥兜であったが、初出場の選手を歓迎しないファンはいない。一体どんな選手なのだろうと球場全体が鳥兜に期待の眼差《まなざ》しを向けた。

左バッターボックスに入り、まもなくトップの定まらない不安定なフォームが大観衆の前で披露される。初球はアウトローのストレートを見逃し、2球目も同様の球を平然と見送った。往々にして初打席を迎えた選手は躍起になってバットを振り回す。しかし鳥兜は消極的だった。このままスイングもせず、あっという間にベンチに帰るのかと思われた3球目。

鳥兜は甘めに入ったインローのボールを鋭くライト前に弾き返した。

プロ初打席、初ヒット。相手チームのライトは記録に気づき、記念のボールをマリーンズベンチへと返球した。受け取った門田が笑顔で塁上の鳥兜にボールを見せつける。照れ笑いや会釈の一つでもあっていいような瞬間であるが、鳥兜の表情にこれという変化はなかった。後に門田はこのときのことを、「あのときはただ『ノリ悪いやつやなぁ』思いました」と語る。

確かにノリはよくないかもしれない。しかしこの時点では多くのファンやチーム関係者が、初ヒットに浮かれない無表情の鳥兜に対して、寡黙《かもく》に仕事をこなす職人の影を見た。「鳥兜の乱」を語る際、未《いま》だに最も大きな謎の一つとして語り継がれる「鳥兜のライト前」が放たれた瞬間であった。

その後、フィッシャーに代わって中濱《なかはま》、パニーニに代わって福山が代打起用されるも、追加点は奪えずに8回裏が終了。守備位置を整えるためショートに五木《いつき》、レフトに林が入ると、マリーンズはすべての野手を使い切っていた。最終回のマウンドに売り出し中の若手である玉居《たまい》が上がれば、ベンチ登録されている残りのメンバーは僅《わず》か一人。抑えのエースである益山のみとなっていた。

## ■1塁は無難に守れます。

後になってこのときの総力戦起用を非難する声も上がったが、結果を知っているからこそ口にできる暴論でしかない。序盤で先発が早々に降板し、それでいて1点を奪い合う緊張感のある中盤が続いた。更に最終盤になって点差に余裕が出てくれば、必然的にベンチを空にするような起用にもなる。樋口監督は岸峯《きしみね》守備走塁コーチに、鳥兜の守備適性を尋ねた。

「2軍で15試合ほど1塁を守っていたことはデータとして知ってたので、そのことを正直に監督に告げました。『1塁は無難に守れます』と」

鳥兜はファーストの守備に就く。

事実として鳥兜は2軍戦で15試合、ファーストの守備に就いていた（失策は1）。守備力に関しては極めて平均的な能力を有しており、捕球も送球も水準以上のプレーをすることができた。ただ急遽の1軍登録であったため、鳥兜は本職である外野用のグローブしか持ち合わせていなかった。

「外野用のグラブで守備に就こうとするんで、待てと止めたんです」

主に守備固めとして起用されることの多かった五木は、鳥兜を呼び止めた。

「ファーストミットがないなら貸すぞって言いました。そしたら中濱さんもミットを持ってきてくれたんです。俺のと中濱さんのと、どっちがいいか訊《き》いたら『ありがとうございます』も『借ります』もなしに、無言で中濱さんのミットを手に取ったんです。俺は別によかったんですけど、さすがに中濱さんは結構な先輩ですからね。さっきの態度は失礼だったぞって、試合が終わったら注意しようと思ってました。結局できませんでしたけど」

鳥兜は中濱のミットを手に、グラウンドへと駆け出した。

運命の9回表が幕を開ける。後に「鳥兜の乱」と呼ばれる世紀の珍事が静かに始まろうとしていたが、その予兆を察知できていた者は、おそらくこの世界に誰一人としていなかった。

マウンドに上がった玉居の調子は悪くなかった。やや制球に乱れはあったが、荒れ球は彼の持ち味とも言えた。直球の速度は安定して150キロを超え、決め球のフォークも高さこそやや甘めではあったがキレ十分。4球でバッターを追い込み、ウイニングショットとしてインコースに151キロの直球を放り込んだ。バッターが窮屈なスイングで振り抜くと、力のないフライが1塁側のファールゾーンへと飛んでいく。キャッチャーはマスクを外して三歩ほどボールを追いかけたが、明らかにキャッチャーの守備範囲ではなかった。足が止まる。

鳥兜の守備範囲だ。

鳥兜は打球を目で追い、ファールグラウンドへと走り出した。客席に飛び込みそうな気配もあったが、上空7メートルの風がボールをグラウンド内へと押し戻す。鳥兜は全力で走っていた。(後に一部のファンからは、一生懸命走っていなかったという指摘も入ったが）少なくとも私の目には、全力で走っているように見えた。通常の体勢では間に合わないと判断したのか、スライディングでの捕球を試みる。

しかしボールはファールグラウンドに落下。鳥兜はボールを捕り損ねた。

ベンチとファンからは落胆の声が上がったが、風の強いマリンスタジアムにおいてフライの落球は日常茶飯事であった。ましてや2軍から上がってきたばかりの若手のエラーともなれば、誰もが心の中で呟《つぶや》いてしまう。さもありなん。

球場の空気にも特段の異変はなく、玉居もペースを乱されはしなかった。冷静に投じられた6球目のフォークで、バッターを泳がせることに成功する。打ち損じ。バットの先に引っかかった打球はピッチャーの前に力なく転がった。半ばセーフティバントのような当たり。玉居は慌ててマウンドを駆け下りボールを掴み上げる。そのまま小気味よい動きでファーストへ送球。無駄な動きはなかった。普通にいけばアウトになる当たりであると、誰もが確信していた。

しかし判定はセーフ。

審判は両手を横に大きく広げ、続いてファーストの足がベースから離れていることを指摘した。そんなはずがあるわけないと球場にいる誰もがジャッジを疑ったが、次の瞬間には黙した。事実として鳥兜の右足は、まるでベースとの接触を拒むように、ベースから50センチほど離れた位置にあったからだ。

**■もちろん何かおかしいと思いました。**

考えられないミスであった。

仮にファーストが一度ベースから離れ、ピッチャーからの送球を受け取りながらベースに戻ったのだとすれば、踏み忘れが起こる余地はある。またピッチャーからの送球がズレてしまい、無理に捕球しようとした結果、ベースから足が離れてしまうのもよくあるプレーに違いない。

しかしファーストの鳥兜は、プレーの最初から最後までずっとファーストベース付近に立ち尽くしていた。送球は彼の胸元めがけて真っ直ぐに投じられていた。ベースを踏み忘れる道理はどこにもない。

「もちろん『あれ?』とは思いました」

当時ヘッドコーチを務めていた林崎厚司《はやしざきこうじ》氏はそう述懐する。

「コンバートされたての野手だってあんなミスは犯しません。野球未経験の小学生がやるような失態でしたから、もちろん何かおかしいと思いました。ただ同時に、プロとは言え人間ですから、稀《まれ》に信じられないようなミスをすることはあります。2連続でミスが続きましたが、悪い偶然だろうとひとまず事態を静観することに決めました。プロ初出場の若手です。それも外野手登録の選手でした。なぜあんなプレーになってしまったのか、試合が終わってから聞けばいいと判断しました」

ミスをした鳥兜をケアしようと、チームのキャプテンでもあるセカンドの坂村裕吾《ゆうご》が鳥兜のもとへと駆け寄った。そして鼓舞するよう、彼の尻をグラブでぽんと叩いた。

「流れの中でのことなんで、正直記憶は曖昧です」と断った上で、坂村裕吾は当時の鳥兜の様子を振り返る。「『はあはあ』と、呼吸を荒くしていたように思います。エラーをして動揺しているのかと思いましたけど、申し訳ないと思っている感じではありませんでした。言い方は悪いですけど、どちらかというと『興奮』している雰囲気でした。何かに取り憑かれているみたいで」

ノーアウトランナー1塁。やや不気味なランナーの出し方をしてしまった玉居であったが、投球は乱れなかった。危なげなく2ストライクを奪うと、またもフォークで打者の打ち損じを誘う。ボテボテの当たりはサードの前へ。早々にダブルプレーは無理だと判断したサードの内岡は、捕球したボールを丁寧にファーストへと送球した。

ファーストの鳥兜の足は、今度はベースについていた。体を一杯に伸ばし、捕球の体勢を整える。フライの落球。そしてベースの踏み忘れ。連続で続いたミスであったが、鳥兜の捕球姿勢を見て多くの人が胸を撫《な》で下ろした。異変らしい異変はない。今度こそ一つ目のアウトがとれる。しかし、起こるはずのないことが、起こってしまう。内岡の送球が鳥兜のミットに収まるかに思えた、刹那《せつな》。

鳥兜はボールを落としたのだ。

当時、放送席にてテレビ中継の実況を担当していたフリーアナウンサーの清永周次《きよながしゅうじ》氏は思わず叫んだ。

「鳥兜、ボールを捕りません」

清永氏はこの時点でハッキリと、「ボールを捕れません」ではなく「ボールを捕りません」と実況した。ミスによってボールを落としたわけではなく、故意にボールを捕らなかったことが明白であったからだ。

「そこまで言葉を吟味《ぎんみ》する時間はありませんでしたから、反射的にそう口走っていました。直後は『マズい表現をしてしまったかな』と反省しましたが、リプレーの映像を観ているときに問題がなかったことを確信しました。明らかにミットの開き方が足りていませんでした。ボールは鳥兜選手のミットの隙間を通過することができず、そのまま真下にぽとりと落ちました。ちょうど閉まりかけのエレベーターに無理に乗り込もうとして失敗したときのような恰好《かっこう》です。ボールがミットの縁にぶつかり、弾かれる。当時すでにプロ野球実況を足かけ16年ほど担当させてもらっていましたが、初めて見るプレーでした。また前代未聞のプレーをした鳥兜選手自身の目が、妙に赤々と血走っていたのを覚えています」

ボールが地面に落ちた瞬間、スタジアムは揺れた。プロの選手であっても、3連続でミスをすることはあるだろう。しかしミスの仕方が尋常ではなかった。最初にベンチを飛び出したのはマリーンズのトレーナー、水木剛蔵《みずきたけぞう》氏であった。

「まず疑ったのは熱中症です。そこまで暑くはないナイトゲームだったんですけど、7月でしたから十分ありうる話でした。いずれにしても何らかの身体的なトラブルが発生している可能性は考えられました」

やや遅れて、ベンチからは林崎ヘッドコーチも追従する。審判は鳥兜を「故障の可能性あり」と判断し、コーチのグラウンド立ち入りを許可した。

「私だって腹は立ってましたよ」林崎氏は眉間に皺《しわ》を寄せながら当時を振り返る。「楽勝ムードの試合に水を差されたわけですし、悪くないピッチングをしていた玉居の足も引っ張っていました。さすがに擁護できない。ただトレーナーが危惧していたように熱中症の可能性も考えられました。また今思えば私も甘いのですが、ミットを他の選手から借りているシーンを見ていたので、道具の問題かとも思ってしまったんです。慣れない道具でプレーするのは想像以上の違和感です。『どうした。大丈夫か。『何があった』私とトレーナーは交互に呼びかけました。しかし鳥兜はこれという意思表示をしませんでした。そもそも感情を掴みにくい選手でしたが、このときは輪をかけてよくわかりませんでした。充血した目を大きく見開いて、自分でもよくわからないというように無言で首を傾げるんです。にやりと笑っているようにも見えました。はっきり言えと凄みたい気持ちもありましたが、やっぱりこの時点では甘さが出てしまいました。動揺している若手にトラウマを植え付けたくないと思ってしまったんです。もちろん交代するべきだとは思いました。ですが、当然できませんでした」

マリーンズのベンチには、野手が一人も残っていなかった。このときを振り返り、指名打者として入っていた武田《たけだ》をファーストの守備に就かせる手が残っていたはずだと指摘する声がある。これを思いつかなかったベンチの敗北だ。そう結論づける人もいた。しかし武田は2打席目で右肘に死球を受けており、守備に就ける状態ではなかったことが後日明かされている。樋口監督には、ファーストに鳥兜を置き続ける選択肢しか残されていなかったのだ。

■大きな病気を隠してプレーしているのかと思いました。

誰も鳥兜がどのような精神状態にあるのか、どのような意思でグラウンドに立っているのかわからないまま、ゲームは再開。

ノーアウト1、2塁。ここにきてマウンドの玉居に明らかな乱れが生じ始める。球が浮わつき、

5球目のフォークを痛打された。右中間へ走者一掃のタイムリー3ベース。初めて鳥兜がボールに触れることのないプレーとなったが、実はここでも鳥兜は奇妙な動きを見せている。

「バックホームに備えてカットプレーに入るべきところなんですけど、まったくそういう動きを見せませんでした」

セカンドの坂村裕吾は、鳥兜が中継プレーに参加せず、呆然《ぼうぜん》とプレーを見守っていることに強烈な違和感を覚えた。

「プレーが終わった後にすぐ注意しました。でも返事はありませんでした。荒い呼吸を続けているだけで、言葉が耳に届いていないみたいなんです。大きな病気を隠してプレーしているのかと思いました」

2点が入り12−15。点差は3点に縮まり、なおもノーアウトランナー3塁。球場内の空気が硬化し始める。すでに勝敗が決まったゲームの消化イニングを観戦しているような心地だったファンたちに、にわかに緊張が走る。劇的に投球の精度を落とした玉居の続投は不可能と判断した樋口監督は、ベンチにただ一人残されていた選手、抑えのエースである益山の投入を決める。

これにてマリーンズはすべての選手を使い切った。果たして鳥兜がこのときを虎視眈々《こしたんたん》と待ち続けていたのかどうかはわからない。ベンチ入りの選手を、投手野手ともにすべて使い切る試合など年にそう何度もない。ましてやそんな試合で、自身がグラウンドに立ち続けている保証は（少なくとも鳥兜クラスの選手ならば）どこにもない。しかし期せずして舞台は整ってしまった。

投球練習を終えた益山は、初球、アウトローに沈み込むシンカーを投じた。バッテリーとしては様子見のボールであったのかもしれないが、バッターはこれに手を出した。タイミングを崩された力のない打球がフェアグラウンドへと転がる。向かった先は、鳥兜の待つファースト方向。まもなくボールは、鳥兜のミットの中へと吸い込まれる。

前進守備は敷いていなかった。3塁ランナーの生還を許してしまうことはチームとして織り込み済み。よって鳥兜の仕事はそのまま1塁にボールを送る、あるいは自分でベースを踏む、ただそれだけのことだった。

しかし次の瞬間、鳥兜は誰も予想していなかった動きを見せる。

## ■普通に対話ができる状態ではありませんでした。

鳥兜はボールを手にした瞬間、コンマ5秒ほど完全に静止。1塁ベースカバーに向かう益山にはまるで目もくれない。どうしたのか。またしてもミスを重ねるのか。場内に不気味な予感が走ったそのとき。鳥兜は驚くべきことに、摑んだボールを1塁側のスタンドに向かって力一杯放り投げたのだ。ボールは観客席の中に飛び込む。場内には驚愕《きょうがく》の声、さらには悲鳴と怒号が飛び交った。この年はコロナウイルス蔓延《まんえん》防止の観点から、客席では声を出しての応援は禁止されていた。しかし信じられない光景を前に誰もが声を我慢できない。

すぐに益山と坂村裕吾が鳥兜に駆け寄り、どういうつもりなのだと問い詰めた。両選手とも、さすがに表情には怒りの色を浮かべていた。鳥兜はそれに対し、果たしてどういった意思の表明なのか、小さく首を横に振り続けるだけ。審判さえ戸惑った。スタンドにボールが入ってしまった場合には、走者に2つの安全進塁権が与えられる。テイク2ベース。2塁へと進みながら、打者の遠藤《えんどう》も首を傾げていた。

一部、ビジター席のファンたちは僥倖《ぎようこう》に拍手をしていたが、ほとんどの人間はひたすら困惑するばかりであった。このプレーを機に、あらゆる人々は確信した。これまで鳥兜が見せてきたミスの数々。2つの落球とベースの踏み忘れは、いずれも過失ではない。意図的に引き起こされた、故意の失策であったのだと。

どういった理由があるのかはわからないが、鳥兜万次郎はチームを裏切っている。

「私は1塁側のフィールドウイング・シート（グラウンド内にせり出した客席）の最前列で観戦していました。私の周りのファンの人たちは、みんな意味がわからなくて困惑してました」

当日、たまたま試合を観戦していた四街道《よつかいどう》市在住の小川凉子《おがわりようこ》さんは、スマートフォンで一部始終を撮影していた。

「少し音が小さいんですけど、聞こえますよね？」

彼女が見せてくれたのは、鳥兜が益山と坂村裕吾に詰め寄られているシーンであった。鳥兜は最初こそひたすら首を横に振るだけであったのだが、途中から二人に対して何事かを口にし始める。なお、益山と坂村裕吾、両名ともに、このとき鳥兜が何を言っていたのかは聞き取れなかったとのことだった。

「『我《われ》が』もしくは『我《われ》は』って言ってるんです」

不鮮明ではあった。しかし彼女の言う通り、鳥兜はそれらしき言葉を連呼していた。我が、我は。先に続く言葉は、動画からはわからなかった。我が真の敵である。我は刺客なり。いかようにも続きを想像できそうな、奇妙で古風な台詞であった。また「我」という独特の一人称には、SF映画から飛び出してきた異星人のような独特の不気味さすら漂う。

選手、トレーナー、コーチが鳥兜を取り囲み、試合は一時中断する。

「遅延行為にあたるから、すぐに規定の位置に戻るよう、審判からは言われました」

そう語ってくれたのは、他でもない、当時のマリーンズの監督であった樋口正仁《まさひと》氏である。

「言われたら引き返すしかありません。そもそも鳥兜とは、普通に対話ができる状態ではありませんでした。何を言っているのかよくわかりませんし、何を考えているのか知りようもありません。何にしても『よくない』状態なのは間違いありませんでした。自発的にボールをスタンドに投げ入れるような人間が、正常であるはずがありません。そこで林崎コーチと岸峯コーチと話し合って、ひとまず鳥兜の守備位置を変えようと決めました。ファーストに置いておくのはリスクが高いと判断したんです。レフトを守っていた林もファーストを守ることはできたんで、そのまま守備位置を変更することにしました」

苦肉の策であった。ファーストに比べれば、レフトのほうがまだボールに触る機会は少ない。チームの足を引っ張ろうにもそのチャンスが少ない。樋口監督は状況を把握できないながらも、ひとまず鳥兜を物理的にゲームの中心から遠ざけることに決めた。

守備位置の変更がアナウンスされる。しかし鳥兜はその場を動こうとしない。サードの内岡とシヨートの五木が無理矢理鳥兜の両肩を摑みレフトまで移動させる。ようやくレフトの定位置に移動した鳥兜は、ここでも何かを（おそらくは「我が」「我は」と）叫んでいた。鳥兜の左手には、未だに中濱のファーストミットがつけられていた。何者も彼に正規の外野手用グラブを届けなかったのは、すでに誰もが彼をまともな守備要員だと考えていなかったからに他ならない。

**■開き直ったんだと思うんですよ。レフトに回された瞬間に。**

異様な空気の中、試合再開。

点差は更に1点縮まり13－15。ランナーは2塁で、未だノーアウト。益山は平静を取り戻そうと、深呼吸をしながらロジンバッグを右手の中で握りしめていた。

「意味わかんなかったですけど、おかしな動きしている選手がいるなら、三振とるしかないですからね。やったろって思いました」

理論的に導き出された回答であったが、簡単に実行できることではない。それでもこの時点で通算140セーブを挙げていたベテラン右腕の実力は、まさしく本物であった。長い中断を挟んで投じられた初球は、151キロのストレート。キャッチャーが構えたアウトローにぴったりと決まる。益山の集中力は極限まで研ぎ澄まされていた。平常時と変わらぬリズムで、ひたすら精度の高いボールを投げ込む。1ボール2ストライク。集中していた益山は、レフト方面で発生しているトラブルにはまったく気づいていなかった。

ナインの中でいち早く異変を察知したのは、ショートを守っていた五木であった。

「最初はお客さんが『わー』ってなってたんで、なんだろうと思って後ろを振り返ったんです」

五木の目に飛び込んできたのは、異様な光景であった。

「なんかおかしいなとは思ってましたけど、客席にボール投げるまでは、偶然ミスを連発しただけかとも思ってたわけです。不自然なプレーもありましたけど、あくまでミスっぽいミスだったんで。あいつもそれがわかってたと思うんですよ。『まだ普通のミスだと思ってもらえてるはずだ』って。でも客席にボール投げたら、言い訳、利かないじゃないですか。どう考えても相手チームの味方をしてる。だから開き直ったんだと思うんですよ。レフトに回された瞬間に」

五木の言う通り、鳥兜は腹に一物あることを隠す必要がなくなったと、判断したのかもしれない。これまでよりも遥かに大胆な行動に出る。鳥兜は、五木のほうに向かって走り出していた。無論、五木は困惑した。鳥兜の目的がわからず身構えたが、すぐに一つの可能性を脳裏に描く。

「一人じゃ無理だと思ったんで、サードの内岡に叫んだんです。『狙いは益山さんだ。益山さんを守るぞ』って」

鳥兜はピッチャーの益山に、体当たりしようとしていた。

益山が４球目を投じたとき、五木と内岡は完全にバッターに背を向けていた。二人してレフトから猪突猛進《ちょとつもうしん》してくる鳥兜を、マウンドに近づかせまいと妨害していたからだ。

「さすがに俺たちに止められそうな気配を感じたのか、途中でスピードを緩めたんです。そしてどうにか俺と内岡の間だったり、セカンドの裕吾との間を狙ってすり抜けようと細かなフェイントを入れてきたんです。右に左に揺れて。だからこっちも必死ですよ。まずは内野で連携してあいつを益山さんに近づけないことを最優先にしました。打球が来てたら、誰も捕れなかったと思います」

ここまでくると、益山も異常事態に気づく。しかし益山は動じなかった。5球目のシンカーでバッターを三振に仕留めた。

9回表、ようやくマリーンズが1アウトをもぎ取る。マリーンズファンは力強い拍手を送り、鳥兜の動きに気を取られていた守備陣も益山を讃《たた》えた。チームに一つの光明が見えた瞬間でもあった。三振を取りさえすれば、鳥兜にはなす術がない。

しかしわかったところで、三振を取るのは簡単な作業ではない。続いてバッターボックスに入ったのは、目下売り出し中であった高卒2年目の野島《のじま》。この日は6番に入っていたが、4番を任された経験もある少壮気鋭の注目打者であった。そんな野島の一振りが、益山のスライダーを捉えた。

打球は鳥兜を止めるべく奔走していたショート五木の頭を越え、センターへと飛んでいく。理想的な角度で伸びていく鋭いライナーであったが、センター藤木の守備範囲であった。藤木は俊足を飛ばして落下点に入り、グローブを構える。何でもないフライアウトになる、はずであった。

「嫌な予感はしてました。足音の感じはしてたんで」

藤木はボールを見つめながら、迫り来る一人の男の気配を感じていた。

レフトの鳥兜だ。

鳥兜は打球が上がったと同時に、藤木に向かって一直線に走り始めた。そしてまもなく捕球かというタイミングで、藤木の腰元にラグビー選手のようなタックルを見舞った。

「めちゃくちゃ痛かったです。でも怪我をさせてやろうみたいな、殺気は感じませんでした。たぶんそんなに力強く吹き飛ばされたわけじゃなかったんだと思います。身構えてたのもあって、受け身はとれました。ガツンとぶつかられて、気づいたら地面に転がされていました」

もちろん藤木は落球。零れた球を素早く拾ったのは、タックルをした張本人、鳥兜だった。マリーンズファンの悲鳴が響く。ベンチにいた選手、コーチたちも思わず身を乗り出す。

またしてもボールを客席に投げ込むのか。誰もが予感したが、鳥兜はボールをどこにも投げなかった。そしてそのまま、まさしくラグビー選手がトライを狙うように、レフト側のポール付近に向かって全力で走り出した。

「スタンドにボールを投げ入れたら、テイク2ベースで終わりですからね。それじゃ足りないと思ったんじゃないですか。気づいたから、全力で追いましたよ」

鳥兜はボールを手にしたまま時間を稼ぐつもりだ。狙いに気づいた五木は、全速力で鳥兜を追いかけた。五木も足は速かったが、前述の通り鳥兜は快足が武器。簡単には追いつけない。どうにかレフトのポール際まで追い詰める頃には、タックルされた藤木も援軍として駆けつけていた。相変わらず細かく入るフェイントに翻弄されながら、二人はどうにかボールを奪い返すべく鳥兜を追った。このあたりから、鳥兜が大声で叫び出す。

走れ。行け。走れ。

多くの観客が初めて耳にする鳥兜の肉声であった。鳥兜が叫んでいた相手は他でもない、打者走者の野島である。2塁走者はすでにホームインしていたが、打った野島は2塁ベース付近にてハーフウェー待機。これ以上の進塁が安全なのか判断しかねていた。

「鳥兜さんがどういうつもりなのかわかりませんでしたし、戸惑いました」

打球を放った野島は、困惑の表情でレフト方面を見つめていた。鳥兜がチームの不利になるプレーを続けていたのは疑いようがなかった。しかしそれを見た相手チームが、手放しで鳥兜のことを味方であると判断するわけにはいかない。後に明らかになることであるが、鳥兜と相手チームの間に何ら協定はなかった。どころか多くのチーム関係者は、この日初めて1軍登録されたばかりの鳥兜のことをまったく知らない。

「万が一、あれが罠みたいなことだったとして、3塁に行こうとした瞬間にボールを投げられたらアウトになりそうなタイミングでした。なかなか走り出せませんでした」

そんな野島も、鳥兜がボールを抱え込むようにしてグラウンド上に蹲《うずくま》ると、ようやく3塁へとスタートを切った。五木と藤木の二人は、蹲った鳥兜を囲んだ。そして二人がかりで鳥兜の懐に手を伸ばし、どうにかボールを奪い取ろうと死力を尽くす。この間も鳥兜は叫び続けた。

走れ。行け。走れ。

藤木が鳥兜の上体を強引に起こし、五木がどうにか鳥兜のミットからボールを捻《ひね》り取ったときには、野島はすでにホームイン。事実上のランニングホームランであった。2点が追加され、ゲームはここにきて振り出しに戻る。

## ■頭の中でルールを参照し、現状どのルールを適用するのが妥当なのか考えました。

15－15。同点。

まさかの同点劇になったが、このあたりからビジター応援団の盛り上がりにも陰りが見え始める。応援しているチームの利益になる行動であるとは言え、得体の知れない援護に対する恐怖心が芽生え始めていた。球場全体が、かつてない異様な高揚と戸惑いに包まれている。たった一人の「奇行」が、球場に詰めかけた数万の人間、そして中継を追いかけていた何十万という人間の心を惑わせ、恐怖させていた。

このとき球審を務めていた籔田尚毅《やぶたなおき》氏の脳裏には、中止の二文字が過《よぎ》った。

「私も前代未聞のことでしたので混乱していました。頭の中でルールを参照し、現状どのルールを適用するのが妥当なのか考えました。相手チームに対しての反則行為は当然ながら警告の対象です。しかし自チームに対する迷惑行為を取り締まるルールはどう頭を捻っても思い出せませんでした」

公認野球規則7・03には「フォーフィッテッドゲーム（没収試合）」の項目がある。ここでは審判の判断によって試合を強制的に中止できる条件が記されている。籔田氏の言う通り、（5）に、反則行為についての記述があった。

（5）審判員が警告を発したにもかかわらず、故意に、また執拗に反則行為を繰り返した場合。

右記の条件を満たした場合には、審判の判断で試合を強制的に終わらせることができる。しかし烏兜の行為はチームに不利となる行為ではあったが、必ずしも「反則行為」には当たらなかった。また「フォーフィッテッドゲーム（没収試合）」を宣告された場合には、宣告されたチームはそれまでのスコアは関係なく、０－９で「敗北」したとみなされる。言うまでもないが、今回のケースではマリーンズの敗北扱いとなる。これはすなわち、烏兜の願いを叶える形となるのではなかろうか。籔田氏はルールの拡大解釈も断念し、試合の行く末を見守ることに決める。

試合は、終わらない。

「もう、誰かが犠牲になってあいつを止めるしかないって思いました」

覚悟したのは、ショートの五木であった。五木はレフトで蹲っていた烏兜を、そのまま押さえつけることに決める。のしかかるようにして覆い被《かぶ》さり、全体重をかけて烏兜の体の自由を奪う。これを見たセンターの藤木は、取り押さえる役目の交代を買って出た。

「僕のほうが五木さんより後輩でしたので、先輩にやらせるわけにはいかないって思いました。何よりショートがいなくなるよりは、センターがいなくなるほうがまだ被害が少ないと思いました」

藤木が烏兜を押さえつけると、五木はショートの守備位置へと戻っていく。事実上、守備要員は本来の9人から7人になってしまったが、烏兜を自由にしてしまうほうがハイリスクであると判断。監督、コーチも彼らの意図を汲み、その判断に乗っかった。ライトを守っていた福山が大きくセンター寄りに移動し、手薄な外野を少しでも広く守れるように配慮。奇抜な守備陣形が完成する。

仮に外野にボールが飛べば長打は確定的。しかし内野であれば通常時と遜色《そんしょく》のない守備ができる。がらんとした外野を見つめる益山の視線には微《かす》かな不安の色が見てとれたが、これ以上事態が悪化することはないように思われた。しかし、鳥兜はまだ諦めていなかった。

1アウトランナーなし。益山がセットポジションに入ると、球場が再びざわめき出した。押さえつけられていた鳥兜が、暴れ出したのだ。センターの藤木は小柄ではなかったが、線の細い選手であった。鳥兜はうつ伏せ。藤木はそんな鳥兜を上から押さえつけるようにやはりうつ伏せでのしかかっていたのだが、体重の差が仇《あだ》となった。興奮した肉食獣のように遠慮なく暴れ回る鳥兜を、徐々に御しきれなくなる。鳥兜は藤木を払いのけて脱出。身体的な自由を手に入れると、瞬く間に走り出した。

向かった先は益山の待つマウンドではなく、なぜかセンター方向。鳥兜を押さえつける役目を任されていた藤木は、被害拡大を防ぐため再び鳥兜の背を追った。今度は何をするのか。誰もが緊張の眼差しを鳥兜に向けていたのだが、藤木の脚力もまた一級品であった。まもなく鳥兜に追いつき、背後からダイビングするような形で組み伏せることに成功する。二人の選手がセンター付近にてヘッドスライディングの要領で転がると、場内からは自然と拍手が沸き起こった。内野陣も拍手を送り、益山は再びセットポジションに入る。

すると、場内に響き渡ったのは鳥兜の叫び声であった。声は拍手の中で鋭く響いた。

スライダー。スライダー。アウトロー。

誰もが戸惑った。益山は一度セットポジションを解除し、藤木に押さえつけられている鳥兜のことを見つめた。体の自由は奪われていたが、烏兜もまた益山のことを見つめているように見えた。

そしてあらん限りの力を込めて再び叫んだ。

スライダー。アウトローにスライダー。

**■サイン変えましょう。**

もちろん、益山はすぐに理解した。烏兜は自身を見つめているのではなく、その奥にいるキャッチャーを見つめていたのだと。そしてキャッチャーのサインを盗み、球種とコースを相手打者に告げようとしていたのだと。

8回からマスクを被っていたキャッチャーの麻生《あそう》はマウンドに駆け寄った。

「サイン変えましょう」

バッテリーは主にランナーが2塁にいるときに使用する、ブロックサインを用いることに決める。これにより烏兜は球種を見破ることができなくなる。しかしキャッチャーがミットを構える位置は目視にて確認することができる。

アウトロー、アウトロー、アウトロー。

猛獣の咆哮《ほうこう》さながらの声量であった。藤木はどうにか烏兜の視界を遮ろうとするも、うまく首の位置を変えることができない。バッテリーはある程度コースを把握されることは仕方がないと諦め、投球動作に入った。

もちろんこのとき打席に入っていた千場《せんば》の耳にも、鳥兜の声は届いていた。

「聞こえてました。でも、さすがに参考にはしませんでした。ただレフト方向がガラ空きでしたんで、そこを狙おうとは思ってました」

右打者である千場は、益山の打球を思い切り引っ張った。しかし平凡なサードゴロ。打球音が響いた瞬間、鳥兜は水揚げされた魚のように、いっそう激しく暴れ出した。藤木を突き飛ばして、妨害工作に移ろうとしたのかもしれない。しかしイージーゴロを捌《さば》くのに、さしたる時間はかからなかった。内岡は落ち着いた動きでボールを1塁へと転送し、ようやく2アウトにこぎ着ける。

この先の展開は多くの人がご存知の通りである。一時は永遠に終わらないのかと思われた9回の表であったが、まもなく終焉《しゅうえん》のときを迎えようとしていた。

インハイ、インハイ、たぶん直球。

アウトロー、アウトロー、見せ球。

またアウトロー、アウトロー、決めにくるから振れ、振れ。

「たぶんプロ入りしてから一番腕が振れた日でした」

益山自身がそう振り返るように、威力抜群の球は打者をあっという間に調理した。空振り三振で3アウト。

「2時間くらい守備に就いてた気がします」

ショートの五木はそう語ったが、実際の9回表は37分26秒。振り返ってみれば、1番打者である浅越《あさごえ》から始まった攻撃は、8番打者である青海《おおみ》で終わっている。打者一巡さえしていないのだ。しかし誰もが終わりのない悪夢から目覚めたような奇妙な解放感の中にいた。さざ波のような拍手が降り注ぐ中、選手たちがベンチへと引き揚げていく。鳥兜のことを押さえつけていた藤木もゆっくりと立ち上がり、静かにその場を離れた。

「怖かったです。内心、離れた瞬間に殴られるんじゃないかとも思ってました」

藤木の心配は、現実のものとはならなかった。解放されてしばらく、鳥兜はグラウンドに蹲ったままだった。いったいどのような葛藤があったのか。鳥兜は何かに絶望したようにほんの2秒ほど頭を抱えるとゆっくりと立ち上がり、かと思うと勢いよくベンチに向かって駆け出した。相変わらず目は血走っていた。呼吸も荒かった。彼を呼び止めようとする選手、コーチの声は耳に届いていない様子で、ひたすらベンチ目指して走り続けた。

## ■幕が開けた。開けた。

【2021年7月11日：ベンチに引きあげる鳥兜万次郎選手】

YouTubeに動画をアップしたのは、先の動画を撮影していたのと同じ小川涼子さんであった。

「幕が開けた。開けた」

撮影に使用されていた機材はスマートフォン。拾われた音声は明瞭ではなかったが、確かにそう口にしているように聞こえる。動画は瞬く間に日本中に拡散された。そして鳥兜万次郎が起こした一連の裏切り行為は、まもなく匿名ユーザーによってインターネット掲示板に書き込まれた「鳥兜の乱が発生」という一文から、「鳥兜の乱」という呼称で定着する。

「鳥兜はベンチに引き揚げてすぐ、早足でロッカーに行ってしまいました」

トレーナーの水木氏は、鳥兜を追いかけた。

「何も言わず、シャワーも浴びずに、そのまま服を着替えて球場から出て行ってしまったんです。止めようとはしましたけど、やはり私も怖かったというのが本音です。本気で止めたら報復に遭うのではないかと思ってしまいました」

鳥兜は驚くべきことに、試合終了を待たずに球場を後にしてしまう。

なお9回裏マリーンズの攻撃。先頭としてバッターボックスに立った林がホームランを打ちチームは劇的なサヨナラ勝利を収める。しかし多くのチーム関係者が総力戦でもぎ取った1勝を手放しで喜ぶことはできなかった。

あまりの異常事態にヒーローインタビューは中止が発表され、試合直後の樋口監督は「状況を詳しく調べます」と語るに留まった。誰もが鳥兜のコメントを求めていたが、彼はすでに帰宅した後。報道陣はあまりに突拍子もない出来事の顚末《てんまつ》に、ペンの走らせ方さえわからなくなっていた。

## ■そして幕が下ろされた。

以上のように、「鳥兜の乱」は何の前触れもなく始まり、そして唐突に終わりを迎えた。

試合の翌日には、すぐさま登録抹消。鳥兜はたった1日だけ我々に強烈なインパクトを残し、2

軍へと逆戻りしてしまう。

前述の通り、鳥兜の奇行を前に、ありとあらゆる人物が様々な可能性や事件背景を想像した。薬物の使用があったのではないか。相手チームとの間に何らかの密約があったのではないか。チームに対する不満があったのではないか。野球賭博か、黒い交際か、でなければ重篤な疾患があるのか。誰もが真実を欲したが、待てど暮らせど鳥兜当人からコメントは出てこない。一方でチーム関係者の口は驚くほど軽く、調べれば調べるほどにチーム、ひいては球界にはなんら落ち度がないことが明らかとなっていく。球団も鳥兜との面会の機会を設け、彼の口から真実を聞き出そうと奔走した。しかし鳥兜は何も語らなかった。

2軍戦にも出場しなくなり、球団関係施設へも顔を出さなくなる。彼の自宅には度々報道陣が訪れた。一部スポーツ誌は彼の実家にも押しかけた。しかし鳥兜は口を割らなかった。最後の最後まで沈黙を貫き、2021年オフ、戦力外通告を受ける。

生涯出場試合数1、通算1打数1安打。0本塁打、0打点。

打率10割で引退した選手は後にも先にも彼だけであるという言説がまことしやかに語り継がれているが、実は日本プロ野球史上3例目である。騒動をきっかけに選手としての評価を著しく貶《おとし》めた側面は否めないが、「鳥兜の乱」がなくとも解雇されていた可能性は高い。

「彼をうまく導いてやれなかったのは我々の力不足です。ただ2軍での成績や動きを見ても、残念ながら選手としての伸び代は感じられなくなっていました」

大岩コーチは長い沈黙を作ってから、鳥兜万次郎という野球選手の晩年をそう総括した。

## ■何も、わからない。

改めて鳥兜万次郎と、彼が起こした空前の裏切り劇「鳥兜の乱」を振り返ってみると、やはり極めて謎の多い事件であることがわかる。なぜ裏切ったのかという疑問はもちろんであるが、個人的に非常に強い興味を惹かれるのは「鳥兜のライト前」と呼ばれる安打である。鳥兜は所属していた球団を裏切った。途中からはボールをスタンドに投げ入れ、チームメイトにタックルし、相手の選手に対して球種を伝達するという蛮行に走った。なぜそれほどまでにチームを敗北させたいと願った人間が、8回裏、与えられた自身の打席ではヒットを放ったのだろうか。また小川凉子さんの動画の中に収められていた奇妙な発言。「我が」「我は」の後に続く言葉と「幕が開けた」の真の意味は何なのか。

冒頭でも触れた通り、私は今回、鳥兜万次郎本人へのインタビューに成功した。経緯の詳細は伏せるが、現住所を手に入れることができたのはまさしく偶然の産物であった。おそらく断られてしまうだろうと思いながらも、どうしても諦めきれない気持ちが私に一通の手紙を書かせた。どうしてもあなたの話が聞きたい。短い時間なら構わないという返事が届いたとき、私は慌てて彼にぶつけるべき質問をリストアップした。

いったいどのような心境の変化があったのだろう。5年という歳月の経過が、固く閉ざされていた彼の口に潤滑油を差したのか。あるいは彼を奇行に走らせた「何者」かとの契約が時効を迎えたのか。私は一路、茨城県常陸太田市《ひたちおおた》へと車を走らせた。のどかな田園風景の中を走ること小一時間。瓦屋根の古民家に、「鳥兜」の表札がかかっているのを見つける。しかし不在。もしかすると会えないのだろうか。私が不安を覚えたそのとき、30歳になった鳥兜万次郎が、隣接されていたねぎ畑の中から顔を出した。

まだ現役として野球をやっていてもおかしくない年齢であったが、彼の瞳にはリタイアした人間特有の疲労感が燻《くすぶ》っていた。輝きの中に微かな「くすみ」が宿っている。鳥兜は無言のまま身振りだけで私を自宅へと案内してくれた。挨拶に対しても、私の自己紹介に対しても曖昧な頷きしか見せなかった鳥兜であったが、ねぎを作っているのですかと尋ねると、ようやく一言だけ「根深《ねぶか》ねぎ」。生産しているねぎの種類を教えてくれた。想像していたよりも低く、わずかにかすれた声であった。

「鳥兜の乱」についての一部始終をすべて聞き出すまでは、死んでも帰るまい。固く決意していた私であったが、いざ当人を前にすると恥ずかしながら臆した。引退したとは言え元アスリート。186センチの巨体を前に、私は気づかぬうちに萎縮《いしゅく》していた。本題を避け、しばしねぎについての会話に終始した。すると徐々に鳥兜の表情にも柔らかさが生まれ始める。手をつけずに残しておいた契約金で現在の家と畑を購入したとのことで、この家には住んで3年。妻子はおらず、幼少の頃から漠然と好きだったねぎの生産で生計を立てる日々とのことだった。冷蔵庫に保管してあった郷土料理である「ねぎ味噌」を振る舞ってもらう頃には、我々の間にはちょっとした団欒《だんらん》の気配があった。機は熟したと、判断した。

あの試合について、伺ってもよろしいでしょうか。

口にした瞬間、私は後悔した。瞬時に鳥兜の表情は曇り、そのまま中座。私は一人取り残された居間で項垂《うなだ》れた。これにてあの「鳥兜の乱」の全貌は、またしても闇の中に葬り去られてしまう。たぐり寄せたつもりでいた真実の綱が、するすると深海の底へと飲み込まれていった瞬間であった。

1時間待ってみたが、鳥兜は戻らない。どう謝罪するべきだろうと考えながら畑へと出ると、ねぎの根元を険しい表情で見つめる鳥兜の姿があった。ゆっくりと近づき謝罪の言葉を口にしようとすると、私は信じられない言葉を耳にした。

「ファールボールを落としたのは、わざとじゃなかった」

私は慌ててメモをとりたい衝動を堪《こら》え、そのまま耳を傾けた。

「そこまでは、わざとじゃなかった。そこまでは」

時系列を整理する。8回裏に代打として登場した鳥兜は、ライト前にクリーンヒットを放っている。「鳥兜の乱」にまつわる謎の一つとして語り継がれてきた、いわゆる「鳥兜のライト前」である。9回表、鳥兜はそのままファーストの守備に就く。そして訪れた最初の守備機会が、1塁側に飛んできたファールフライであった。鳥兜はこれを落とした。しかしこれは、故意ではなかった。この時点での鳥兜は、チームを裏切るつもりはなかった。

それ以降は、と私は尋ねた。ファールフライまでは故意でなかったのなら、ベースの踏み忘れ以降は故意であったことになる。なぜあのようなことをしたのか、何がきっかけでチームに対して反旗を翻すことになったのか。矢継ぎ早に質問を並べたい気持ちを抑え込み、私はじっと鳥兜の答えを待った。すると鳥兜は、あくまでねぎを見つめたまま、首を小さく横に振った。

「わからない」

何がわからないのか尋ね直すと、もう一度続けた。

「何も、わからない」

## ■マンジとは小学校から高校までずっと一緒でした。

鳥兜と相対した時間はおよそ1時間40分。私は厚意で分けてもらったねぎをトランクに載せ、帰路に就いていた。結局、鳥兜の口からそれ以上の情報を引き出すことはできなかった。大満足とはいかないインタビューであったが、成果がないとは言えない。5年越しの新事実を携えて、私はすでに脳内で草稿の執筆を始めていた。書けそうな気がした。しかしもう一歩真実に踏み込みたいと切望している自分がいたのも、また事実であった。

私は路肩に車を止め、スマートフォンを取り出した。最後にもう一人だけインタビューを敢行することに決めた。

「マンジとは小学校から高校までずっと一緒でした。私も野球部です。実力はマンジの足下にも及びませんでしたけど」

鳥兜のことを親しげに「マンジ」と呼ぶこの男性は、山瀬大毅《やませだいき》氏。鳥兜の口から何度か、山瀬君が、山瀬君と、というような発言があったことから、親しい仲であるのだろうと判断した。子供の頃の烏兜の素顔を窺い知ることができればと、高校の野球部経由で連絡を取り次いでもらった。山瀬氏は快くインタビューに応じてくれた。

寡黙な烏兜の親友であるのならば相応に口数の少ない人物なのではと想像していたのだが、山瀬氏は社交的であった。現在は、県内にあるガス会社で営業職に従事。「烏兜の乱」について尋ねると、山瀬氏は苦笑いを浮かべながら、遠い目をして答えてくれた。

「ビックリしましたよ。あの日は『同級生が今日、試合に出るかもしれないんです』って皆に自慢して、職場で同僚たちとタブレットを囲んでたんです。意味がわからないですし、しばらく職場の空気がおかしくなりましたよ。もちろん動機はわからないです。そもそもあの事件があってから、マンジには会えてないんです。今、どこで何をしているのかも知りません。最後に会ったのはプロ入り2年目の終わりぐらいのときですかね。ちょうど足の怪我を治そうとしている最中でした。こっちに帰ってくるって言うんで、地元の居酒屋に同級生4、5人で集まったんです」

2軍選手とはいえ、花のプロ野球選手の凱旋《がいせん》だった。どのような話が聞けるのだろうと高揚していた同級生たちに、しかし烏兜は渋い表情で弱音を吐いた。

「『すべてが別次元だ』って言うんですね。もちろん1軍の一流選手たちはひと味違うだろうと思ってたんですけど、そういうことじゃない、と。まず同期の選手からして化け物みたいな実力者揃い。なのにそんな同期たちも1軍の試合に出場するのが精一杯で、決してトップクラスの成績は残せない。2軍で試合に出ても、自分よりも数段階レベルが上の選手が大量にいる。怪我が治っても、たぶん無理だと思う。そんな言い方をされると、無責任に頑張れとも、お前ならやれるとも言えませんでした」

同級生にのみ口にできた本音だったのかもしれない。鳥兜の心は、２年目の時点で折れかけていた。更に山瀬氏は、子供時代の鳥兜との思い出をいくつか語ってくれた。

「どこの部活でもあることだと思いますけど、やっぱり高校時代は練習が死ぬほど辛かったんです。昔気質《むかしかたぎ》の監督に徹底的にしごかれました。私とマンジは帰り道が一緒だったんですけど、道中はいつも、どうやって監督を懲らしめてやろうかという冗談で盛り上がりました。もちろん本気でそんなことをするつもりはないんです。でも例えば落とし穴を掘ろうとか、吹き矢で尻を攻撃しようだとか、そういう話をするのが楽しかったんです。定期試験から逃げる方法だったり、部活をやめて自由になる方法だったり、いろんなことを議論しました。でも実行なんてできません。あれは卒業式の打ち上げのときでした。私が『結局、どれ一つとして実行できなかったな』と笑ったら、マンジは真剣な顔で言うんです。ちょっと正確な表現は忘れてしまったんですけど、『バリアーがあるからな』って」

バリアー、と私が尋ね返すと、山瀬氏は首を捻った。

「『シールド』だったかもしれませんし、『壁』みたいな表現をしていたかもしれません。何にしても、頭を過《よぎ》ったとしても、やっちゃいけないことの前にはいつでも『バリアー』が出現する。そんなような話をしてくれました。『ただそれがどうして出現するのか、どこから出現するのかは誰にもわからない。それは絶対に壊れない障壁で、それこそが俺たちの平和を守っている。バリアーに感謝しよう』みたいな話でした。たまに哲学者みたいなことを言うんです。面白いやつでした」

私は礼を言い、最後のインタビューに幕を下ろした。

■別の、可能性。

頭の中では、すでに今回の特集記事の全体像が概《おおむ》ね組み上がっていた。解決はできなかったが、当時よりもいくらか鮮明な「鳥兜の乱」を描き出すことはできるに違いない。録音した音声を一つ一つ文字に起こし、編集部にて本記事の原稿を9割方書き終えた、そのときであった。

私は稲妻に打たれた。

興奮そのままに、小川涼子さんの動画を改めて精査し、夜10時ながら山瀬氏に電話を入れてしまった。私は非礼を詫びてから、今一度、先の「バリアー」の話を聞かせて欲しいと告げた。山瀬氏はやはり先述のような話をしてくれたのだが、私は自らの頭を揺らした一つの仮説をぶつけてみた。ひょっとして鳥兜の表現では「バリアー」ではなく、「膜」であったのではないでしょうか。

山瀬氏は、はっと大きな声を上げ、間違いないと太鼓判を押してくれた。

「『膜』でした。間違いないです。『膜が我々を守ってくれている』」

電話を切った私は、書き上げた原稿のほとんどを削除。すぐさま記事を再構築することに決めた。

「鳥兜の乱」が起こったあの日。9回表の守備を終えてベンチに引き揚げた鳥兜は、うわ言のようにとある台詞を口走った。「幕が開けた。開けた」。一体なんの幕が開けたのだろうか。世間では鳥兜のキャリアがたった1試合で終わってしまったことを揶揄《やゆ》し、「全然、幕開けてないじゃん」と、彼のことをなじるのがブームとなった。しかしどうだろう。誰かが最初に鳥兜の台詞を「幕が開けた」と文字に起こしてしまっただけで、実際のところ小川涼子さんの動画上での鳥兜の声は極めて不鮮明であった。必ずしも「幕が開けた」と言っているようには聞こえない。先入観を捨てる必要があった。間違いなく聞き取れるのは、最初の3音と、最後の1音だけ。山瀬氏の話を聞いた上で、改めて動画に耳を澄ませば、別の漢字をあてるべき可能性が頭を過る。

「膜が、〇〇た」

膜が、どうしたというのだろう。これに対する答えは、もう一本の動画の中にあった。SF映画の異星人のようだと評した「我が」「我は」という発言であったが、こちらも再度、慎重に解釈する必要があった。音量を最大にしてみると、ようやく5年前のあの日の言葉が、正確な文字を手に入れ蘇《よみがえ》る。鳥兜は「我が」「我は」とは口にしていない。

「割れた」

膜が割れた。割れた。

私は再度、鳥兜のもとを訪れる必要を考えた。慌てて筆を執る。鳥兜は電話を持っていなかった。万年筆で時候の挨拶をしたため、もう一度時間が欲しい旨を書き記し始めたところで、しかし不意に壮大な虚無感に襲われた。今一度、鳥兜に面会したとして、彼の口から零れ出てくる言葉がわかってしまったからだ。

「わからない」

私は便箋を折り畳み、くずかごへと捨てた。そしてまもなく、この記事の一行目をタイピングし始める。

## ■膜は、割れる。

最後に個人的な話で記事を結ぶことを許していただきたい。スポーツの情報は、いつでも鮮度が命である。ウェブでのリリースが一般的になった昨今では、試合の勝敗が確定した瞬間に速報を届けることを求められる。通常、我々記者が書いた記事は複数の人間のチェックを経て世の中へと発信されるが、スピード感を重視する必要があるため、速報だけはどうしても校閲が甘くなる。スポーツファンの多くは、誤字脱字のあるウェブ記事を目にしたことがあるに違いない。

先日、やはり私も速報を打つべき必要に迫られていた。記事の雛形は用意してあった。細かな結果部分だけを入力すれば、すぐさま情報を発信できる。素早くタイピング。さあ、記事を確定してしまおうと思ったそのとき、私は誤字を見つけた。それは実に些細《ささい》なタイプミスから生まれた誤字であったが、とてもではないがここには書き記せないような卑猥《ひわい》な単語であった。さすがに誰もが誤字だとわかるはずであったが、仮にこれがリリースされてしまった日には、記事に登場する選手にまで迷惑がかかる可能性があった。すぐに修正しなければならない。しかしほんの、一瞬である。このまま記事を発信してみたらどうなるのだろう。そんな好奇心が胸の中で渦巻いた。もちろん私は、何を馬鹿なと小さく鼻で笑い、即座に記事を修正した。

ただ、思えばどうだろう。

あのとき私を救ってくれたのは他でもない。鳥兜の表現を借りるなら「膜」だったのではないか。今回の取材を経て、私も「膜」の存在を知覚していることに気づいた。通勤電車がプラットフォームに入ってくる。日々に何の不満もない。仕事も嫌いではない。家族のことを愛してもいる。しかしなぜか、このまま線路に飛び込んでみたらどうなるのだろうという、益体《やくたい》もない妄想に支配されるときがある。ふわっと体が浮く。どうしよう、飛んでみようか。つま先に力を入れて、ぐっと体を線路のほうへと傾けてみる。しかし体はそれ以上前には進まない。まもなく車体は私の目の前を通過。私は何事もなかったように電車に乗り込む。

先日は誤字であったが、速報記事の中に敢《あ》えて危険な文言を書き込んでみたくなることがある。記事の中に出てくる選手やチーム、競技それ自体には何の嫌悪感もない。むしろ好いてさえいる。なのになぜだろう。私は本心でも何でもない、人種差別的な文言であったり、誰もが眉を顰《ひそ》めるような卑猥な表現であったりを書き連ねてみたくなる。試しに実際に書いてみる。そしてエンターキーに指を添える。

このまま発信してみたらどうなる。

おそらく私は仕事を失う。会社には大量のクレームが寄せられる。私も、私の上司も謝罪しなければならなくなる。選手も傷つき、世間は憤る。爆弾のような記事を見つめながら、私はエンターキーに力を入れてみる。しかしエンターキーは、いつもよりも明らかに重たい。そこで私は初めて実感するのだ。

これが「膜」の厚みであり、重さであり、強さなのだと。

絶望と現実を隔てているのは、こんなにも薄い「膜」なのだ。

「膜が割れた。割れた」

２０２１年7月11日。鳥兜万次郎は、目を血走らせながらベンチをすり抜け、ダグアウトへ消えていった。そんな彼のことを見て、多くの人が彼のことを異常者だと表現した。私も部分的にはそう感じてしまっていた。しかしいつ我々の膜が割れてしまうのか、どんな些細なきっかけで膜にひびが入るのか、我々には知る由もない。鳥兜当人も口にしている。

「わからない。何も、わからない」

私は今日もプロ野球の試合を観る。それだけではない。日常を、秩序を、平和を信じて、いつもの生活を送る。たぶん誰の「膜」も割れないだろうと、無根拠に信じている。


（文：齋藤《さいとう》隆茂《たかしげ》）

*

# 5 完全なる命名

Complete naming

*

白状すれば、私は照れていた。そしていくらか、怯《おび》えてもいた。

生み落とされてからまだたったの七日。この宇宙に存在する何者よりも希望と可能性に満ちた、ただの一点のくすみもないまっさらな陶器のような我が息子に、いよいよ名を与える。もはや神事ではないかと万感胸に迫る思いは間違いなくあったが、だからといって私の気恥ずかしさが淡雪となって消えてくれるわけではない。我が子の名前であろうが、幼き日の妄想であろうが、一世一代のプロポーズの言葉であろうが、考えてきたものを他者に発表する際に胸を走るそわそわとした浮遊感と名状しがたい甘酸っぱさは、悲しいほどに平等なのだ。しっかりと胸に抱えていた額縁は早くも私の手汗を吸い込みぬるりと湿り始めている。

さあさあ早くとリビングの義父は恵比寿顔、隣に座る義母も今か今かと両手を揉《も》んで私の発表を待つ。妻はどんな名前でもきっと受け容《い》れようという菩薩《ぼさつ》の笑みを浮かべながら、微睡《まどろ》むような淡い頷《うなず》きを見せる。そしてそんな妻の腕の中で我が息子はぷすーぷすーと加湿器の柔らかな稼働音にも似た平和な寝息を立てている。

ええいままよ。

私は生唾をごくりと呑《の》み込むと、新元号の発表よろしく額縁をくるりと一同に向ける。刹那《せつな》、義父は目をかっと見開き義母が前のめりになり、妻は信頼の眼差《まなざ》しで名前を嚙《か》みしめる。

「発表させてもらいます。我が子の名前は——」


ぶーぶーと、ポケットの中でスマートフォンが震える。

はっと我に返った私はするりとスマートフォンを取り出すとアラームを切る。睡眠時を除いた午前八時から午後十一時にいたるまで、どんな日でもきっかり一時間に一度、周期的にバイブレーションが律動するように私はアラームを設定していた。

妄想癖があるのですと言ってしまうと何やら変態めいていて聞こえが悪いのだが、物思いに耽《ふけ》ると空想の世界にすっぽりと意識を奪われてしまうのが私の幼少からの悪癖であった。何かを考え始めると、漫画の演出のように前頭部あたりから思考の雲がもくもくと立ち上り始める。何だろうと雲を見上げそこに映写されている自分勝手な幻影を観賞しているうちに、いつしか私自身が丸ごと雲に呑み込まれている。肩を叩《たた》かれるなどの物理的衝撃があれば意識を取り戻せるのだが、声をかけられる程度だとどうにもならない、らしい。口を開けたまま絶命しているのかと思ったと笑われたことは、この人生が始まってから一度や二度ではない。さすがにアラームなしでは日常生活がまったくもって立ちゆかないというほどの妄想家ではないものの、おおよそ三日に一度程度の頻度でアラームに救われることがある。

時刻を確認すれば、昼の休憩が終わるまで残り二十分。私はフェイシャルシートで顔を拭うと、PCの横に置かれた卓上カレンダーに目をやる。私個人に支給されたものではあるものの、実際のところは職場の備品である。あまりプライベートな予定を大っぴらに書き込むのは憚《はばか》られたのだが、めでたいことなのでどうかお目こぼしをと両手を擦り合わせながら日付の左下部に小さな数字を書き込ませてもらっていた。

今日は四月七日の月曜日、妻の出産予定日までは残り三十四日。

背後に同僚の気配を感じた私は、机の上に広げていた大学ノートをはたと閉じる。しかし中身を確認したくなって再度開き、そしてすぐさま閉じる。また開き、閉じる。スマートフォンのバイブレーションに起こされるまでしばし不確かな意識の中を彷徨《さまよ》っていた私であったが、どうやら新たなアイデアを記すことも、明晰だった頃に思いついたたった一つのアイデアを削除することもしていないようであった。

名前はあなたが決めて欲しい。

唐突に妻から我が子の命名を仰せつかったのは、昨日のことであった。妻が出産準備のために身を寄せている川越《かわごえ》の実家へと顔を出すと、妻は義父母もすでに承知しているよとどこか神々しささえ感じる満足げな表情で自らのふっくらとした腹を撫《な》でた。

曰く、私は現在すでに腹の中の息子とこの上ない強固な繋《つな》がりを感じることができている。しかし肉体的に息子と共生することのできぬあなたは、現状、私よりも息子という存在をどこか遠くにある異物としか認識できていないかもしれない。とは言っても、ゆめゆめ勘違いをしてはいけない。私はあなたが息子を愛するであろうことも、よき父になってくれるであろうことも毛頭疑ってはいない。ただ、肉眼では捉えられぬ精神世界にて、互いの右手と右手をがっつりと組み交わし永続的に固い握手を続けているようなこのいかんとも表現しがたい絆を、一体感を、あなたが感じぬままで終わってしまうのはあまりにも口惜しい。あなたは息子と繋がるべきだ。そして具象で繋がれぬのなら、抽象で繋がる道を選ぶしかない。

「だからぜひ、名前はあなたが決めてあげて」

わかるようなわからぬようなスピリチュアルな理屈であったが、子を宿した愛する人の言葉にはかつてないほどの力があった。やってみよう。やらねばならぬだろう。覚悟を決めた私は早速、出勤前にコンビニにてノートを買い、この昼休憩を使ってアイデアを練ることに決めた。恥ずかしながらクリエイティブな資質は微塵《みじん》もない。図らずも妄想は得意であったが、当然価値のある思索や創造と比べられるような代物ではなかった。これは相当に苦戦するに違いないと腹を括《くく》っていたのだが、予想に反して私はあまりにも、あまりにも簡単に、いっそ拍子抜けしてしまうほどあっけなく一つの名前に辿《たど》り着いてしまう。

私の名は伊藤清司《いとうきよし》。妻の名は伊藤美有貴《みゆき》。芸はないが、それぞれの名前から一文字ずつ拝借してみればどうなるだろうと何の気なしにペンを走らせてみれば、思いがけずしっくりとくる名前との邂逅《かいこう》を果たす。

貴司《たかし》。

網羅的に組み合わせを考えれば、他にもらしい名前はいくらか思いついた。清貴《きよたか》、貴清《たかきよ》、有司《ゆうし》、しかしいずれも馴染みのよさという点において、貴司に対していくらか後塵《こうじん》を拝しているように思えてならなかった。微細な違いではあるものの、文房具売り場にて握った瞬間にこれと納得できる一本のボールペンがあるように、貴司にはどうとも形容しがたい手応えがある。

貴司。伊藤貴司。

いいじゃないかと自身で太鼓判を押したくなる一方、果たしてこんなにも簡単に決定してしまっていいのだろうかと躊躇《ちゅうちょ》する気持ちも同じ量だけ湧き上がってくる。もう少し、何か、こう、何か。別解を探すためにしばし思案の旅に出ていたのだが、先ほどスマートフォンのバイブレーションによって覚醒した私にこれ以上のアイデアはなかった。

午後からは三件ほど面談の予約が入っていた。私は先週のうちにファイルにまとめておいた資料の四隅を丁寧に揃《そろ》えてからクリアファイルに挟むと、応接ブースに座る三十代の夫婦に向かって深々と頭を下げる。私の肩書きはライフパートナー。見栄えのいい横文字を取っ払って説明すれば、つまるところ少し手広い保険屋である。生命保険にがん保険、これに年金やら投資信託などを当人の生活設計に合わせて適切に紹介するのが私に課せられた使命であった。

絶対に必要な保険はどれですか、逆に絶対に不要な保険はどれですか、必ず儲かる、あるいはこれだけ買っておけば安心という投資信託はどれどれ一体どれなのですかと鼻息を荒くする顧客に、まあまあ落ち着いてくださいとリンツの黒いチョコレートを差し出し、当人に対して最適と思われるプランを一つ一つ懇切丁寧に説明をしていくのが主な業務である。他のプランナーに比べると些《いささ》か慎重に過ぎる、あるいは強引さに欠けるがゆえに契約数も伸びていかないというのが自他共に認める私に対する評価であったが、しかし人生百年時代に軽率になってよい金の話など存在するはずがなかった。石橋を叩いて壊して舐めてさすって、その上で今回は渡らないでおきましょうと引き返させるのもまた英断。それができずして何がライフパートナーであろうか。

三件の面談を終えて事務所に戻ると、それぞれの資料をもとあったファイルへと慎重に戻し、PC上に保管しているToDoリストを参照する。給付金の手続き、配送物の確認、翌日以降の資料作成、一つ終えるごとにチェックマークをつけ、いよいよ最後のタスクである新年度をもり立てるための決起集会（こと、ただの飲み会）の飲食店予約を完了させると、私は机の上を手箒《てぼうき》で丹念に掃いてから社屋を出る。

妻のいる川越へと向かう電車の吊革を摑みながら小さく復唱してみた我が子の名前は、やはり悪くない語感とともに口の中を転がってくれた。

貴司。

世間ではキラキラネームなどと呼称される装飾過多の名前がもてはやされていたが、堅実に勝るものなどあるはずがない。漫画の登場人物よろしく煌《きら》びやかなそれに憧れるのは構わないが、浮かれた親の発作めいた名づけに終生苦しめられるのは他でもない子供自身だ。伊藤貴司。百点満点ではないかもしれない。しかしどこに出しても恥ずかしくない名前であるのは疑いようもなく、そして同時にそもそも名前など所詮は名前に過ぎぬのだという考えが脳裏をかすめていく。いかなる名前を背負おうとも、当人の努力と魅力次第で人生はいかようにも拓《ひら》かれていく。為せる人は成し、為せぬ人は成せぬのがこの世の残酷にして明快な理《ことわり》である。

不勉強な私はつい先日まで知らなかったのだが、どうやら新生児の名前は子が生まれてから七日目にお七夜《しちや》なるイベントを開いてお披露目するのが習わしであるらしい。命名書と呼ばれる色紙のようなものに名前を書いて発表するのが一般的であるそうなので、ならば私も色紙を買わねばならぬなと、妻のぽってりとした腹に優しく頬ずりをしながら考えた。およそひと月後に生まれんとする我が子の幸せな未来をひたすらに妄想する脳内では、すでに貴司という字を毛筆でしたためるための練習が始まっていた。

「名前、これでいこうと思います」

そんな一言を口にしたのは私ではなく、私の上司であった。

毎年四月、大型マンション三棟に囲まれた近隣の緑豊かな広場にて「大花見まつり」という名のイベントが開催されることになっている。いわゆる祭りの出し物らしい飲食系の屋台がぞろぞろと出店される中、例年我々の会社もちょっとした相談窓口を拵《こさ》えることを許されていた。祭りの楽しげな空気に乗じて明るく元気に保険や投資のプランを見直してみませんかという謳《うた》い文句で、飛び込みでの相談に乗っている。そんな我々のテントの前に掲げられている看板は五年以上前から「保険&投信：出張相談会」であったのだが、この名称を刷新することによって集客のアップを見込みたいというのが我らの上司の目論見《もくろみ》であった。

「瀬古《せこ》さんが非常にいいアイデアをくれたので、今年からはこれで」

上司と入社三年目の瀬古氏は何やら得意気であったが、果たして名前を変えたところで何が変わるのであろうかと懐疑的な私が配られたチラシに視線を落としてみれば、新たな名称は「ふらっと人生作戦会議！」であることが記されている。

ふらっと、人生、作戦会議。

舌触りを確かめるように声を出さずに口の中で唱えてみる。特段の不平不満はないものの、果たしてこれに何の意味があるのだろうと訝《いぶか》しんでいたのはしかしどうやら私だけだったようで、午前九時のフロアには何やら好意的な笑顔の花が咲いていた。

「いや、これいいですよ。今までは明らかに堅かったですから」

「ですよね、これならただお祭りを楽しんでた人たちも気軽に立ち寄ってくれるかも」

「地味なイベント名のせいでお祭りの中で埋もれちゃってましたからね」

二十代の若手社員を中心に盛り上がっているのを見るに、さてはジェネレーションギャップなのかと勘ぐりたくもなったのだが私もまだ三十六歳であった。一回り年かさであるとはいえども、所詮は一回り。名称一つでここまで騒ぎ立てることに腑《ふ》に落ちない思いを抱きながら向かった午後の面談で、

「何ですかこれ、気になるじゃないですか」

顧客が指を差したのが、「たわらノーロード」という名称のファンドであったので、私の心はにわかにざわついた。「たわらノーロード」はとある企業が扱っている投資信託の一つ。小難しい横文字が並ぶファンドの世界にあって異彩を放っているのは事実で、ファンドの一覧表を見せると二十回に一度ほどの割合でこれは何なのだと顧客に問いかけられる。まるで米俵を積み上げるようにこつこつと蓄えるイメージで命名されたそうですといつからか諳《そら》んじられるようになった説明を口にしているそばから、顧客は、もうこれにしようかと積み立てを前向きに検討し始めている。

悪い商品ではないが、即決は褒められたものではありません。私はいつものように黒いリンツを

一粒食《は》ませてからトータルリターンや信託報酬、その他の詳細について競合ファンドとの違いを斬《か》く斯く然々《しかじか》と説明するのだが、次第にぬるりとした思考の沼に右脳辺りからずるずると引きずり込まれていく。立ち止まって気に留める機会を逸し続けてきたが、思えばこれまでも似たようなシチュエーションを無数に経験してきたのではなかったか。

なんとなく第一印象としてはこの保険が気になるんですけど、この銘柄がよさそうな雰囲気を感じてまして、詳細は調べてないんですけどぜひこのあたりで検討したいなと。今日にいたるまで幾度となく耳にしてきた台詞《せりふ》であったが、彼ら顧客は一体全体商品の何に惹かれていたのだろうか。内容もわからないうちから漠然とした興味を抱いてしまうことは軽率であって、危険であって、あまりにも非合理的な判断なので咎《とが》めるべきであるという思いが先行し続けてきたが、私は今こそ蒙《もう》を啓《ひら》かんとする説教臭さを捨ててずずずいっと真理に近づいていく勇気を持つべきときであった。彼らを魅了したものは、少し考えれば自明である。

保険やファンドの、名称だ。

名前がいいから欲しくなる。名前がいいからよさそうだと思える。名前をきっかけに本質を知りたくなる。冷静な判断ができていない愚行であると誹《そし》るのは実に容易《たやす》いが、それをこそ人間の本能であるのだと仮定してみれば、自《おの》ずと話はここ数日私を悩ませていた最大の議題へといとも簡単に敷衍《ふえん》していく。

人の名前も、同じなのではないか。

より魅力的な名前を持つ人のもとにこそ良縁も金銭も仕事も油田のごとく湧き出るようにして舞

い込んでくるのであるというような暴論を唱える気はないが、よき看板のもとによきことが起こるのはある意味、必定と言えるのではないか。これまで応対してきた顧客のことを思い返してみる。仕事柄、数百数千組に及ぶ人間の名前と顔と職業年収を知る機会に恵まれてきたが、考えてみるとやや奇抜ともとれる名前の方のほうがいくらかリッチで自信に満ち、自然と背筋も伸びていてオマケにどこか顔も精悍《せいかん》だったような印象が——というのは、さすがに断定が過ぎた。しかし頭の中のインデックスを参照すればするほどに、自らの脆弱《ぜいじゃく》な仮説がみるみるうちに裏づけられていってしまうことに私は戦慄する。

先日来店してくださった立翔《りっと》さんは広告代理店勤務で年収一千万円超え。先月来店の亮有《りょうゆう》さんはプロスケートボーダーとして大成しており、美の一文字に「いのり」という思い切った読み仮名を振った実業家の女性は成城《せいじょう》に豪邸を構えていた。いやいやちょっと待て、去年担当したベンチャー企業の社長は守《まもる》さんであったと安心したのも束《つか》の間、氏の名字は二本柳《にほんやなぎ》であった。

貴司。

貴司は、駄目なのか。

私が弱気に唇を噛みそうになったとき、頭の片隅からはなんのなんのと心強い反駁《はんばく》の声が聞こえてきた。同じく「たかし」という名で八面六臂《はちめんろっぴ》の活躍をしている有名人は数知れないではないか、気にするでない。たとえばほら、反町隆史《そりまちたかし》に、宇佐美貴史《うさみたかし》、それから逸ノ城駿《いちのじょうたかし》を入れてもいいんだぞと言われたそばから、お三方の名字のなんと個性的なことよと頭を抱えたくなってくる。

我が家は伊藤なのだ。我が息子は伊藤貴司になろうとしているのだ。

これでは駄目なのかと逡巡《しゅんじゅん》し始めた最中、週末に開催された「ふらっと人生作戦会議！」に昨年比で四倍の客が来てしまうと私はいよいよ途方に暮れた。当日が雲一つない晴天であったこと、今年からメインステージに人気お笑い芸人が登壇するようになったことを差し引いても異常と呼んで仔細《しさい》ない客足の増加であった。

「改名大成功ですね」

「いや、ほんとですよ」

盛り上がる同僚諸氏に別れを告げて帰宅の途に就くと、私は砂漠でオアシスを求める遭難者のようにしてよろよろと自宅の最寄り駅へと辿り着く。一体、どうすれば。天をきりっと睨《にら》むつもりで顔を上げてみたところで、しかし私はこの数十年見過ごし続けてきた当たり前の事実に打ちのめされた。目に入る看板、看板、看板。すべてに記載されているのは偽りようもなく、何らかの名前であった。

Royal Host、スシロー、GOLD'S GYM。

仮に名前が異なっていたとしたらどうであろう。提供するサービスがまったくもってそのままであったとしても、「Royal Host」が「うっかり飯店」、「スシロー」が「生魚ごはん」、「GOLD'S GYM」が「ふんわりじむなすてぃっく♪」であったとして、彼らは現在と同等の評価を得ることができていたであろうか。言わずもがな、否。断じて、否である。

名前は、本質より先に当該対象の評価軸となる、いわば門番に違いないのだ。

気づいてしまえば、現状私にとって何よりも大切であるまだ見ぬ我が子に中途半端な名を与えるわけにはいかないと悟ってしまう。しかし、ならば何がよい。どうすればいい。私には名づけの才能も経験も何もかもが不足している。それでも知恵を絞って、えぇい、あぁ、うぅとひとしきり悶《もだ》えた私は——

「——貴司、です」

緊張の面持ちで発表し、命名書の入った額縁をとんとダイニングテーブルの上に立てる。

聞き届けた義父は、ふん、まあ、そんなもんかねといった具合に曖昧に頷くと、やにわに厳しい表情で腕を組む。さながらオール4の通知表を見せられたときのような肯定も否定もできないもどかしさが頬に浮かんでいたような気がしたのは、おそらく勘違いではない。義母も、うん、そうね、シンプルでいいじゃないと口では語りながらも、どこか浮かない笑みで乾いた拍手を送る。私は間違えたのか。しかしそんな不安をかき消すように、妻だけは満面の笑みで息子を優しく抱きしめてくれた。

「貴司くん、こんにちは。あだ名は『タカくん』かな?」

これでよかった。これでよかったのだと私は自らに言い聞かせ、義父母と妻、そして珠《たま》のような貴司と共に記念撮影を行った。初孫のためにと義父が買ってくれたオリンパスのオートシャッターがパシャリと切られれば、我が子は命名の儀が執り行われたことを悟ったのかおぎゃぁーんとプレーボールを告げるサイレンのように高らかに声をあげるのであった。

赤ん坊ながら貴司はどことなく卑屈そうな目元をしており、行動の節々に内向的な性格の片鱗を窺《うかが》わせてはいたものの、幸いにして大きな怪我も病気もなくすくすくと育ち、とうとう幼稚園入園の日を迎えた。ひよこ組の皆さん、入園おめでとうございます、名前を呼ばれたら大きな声で返事をしましょうね。水色のスモックを着た園児たちが元気よくはぁいと返事をすると、優しい笑みを浮かべた担任の点呼が始まる。柳《やなぎ》葉《ば》暖《だん》くん――はい。如月凜《きさらぎりん》ちゃん――はい。上河内《かみかわち》碧斗《あおと》くん――はい。

伊藤貴司くん。

あれ、欠席なのかなと先生が園児たちへと視線を向けたタイミングで萎《しお》れたような「はい」が教室に弱々しく響けば、私の背後に並んだ保護者の列からぷっと嘲笑するような声がこぼれた。

「……平凡な名前」

おいちょっと待て、今、うちの息子の名前を笑った不届き者は誰だと私は獲物を追う狼の目で周囲を見回したのだが、ついに犯人を見つけることはできない。

入園式を終えると蜘蛛《くも》の子を散らしたように遊具へと飛びつく子供が多い中、私の愛しい貴司は俯《うつむ》いたまま早く帰りたいとむずかり始める。この子は果たして園に馴染めるのだろうか。私の不安は悲しいかな的中してしまい、貴司はひよこ組で最も背の大きかった大島翡翠《おおしまじえいど》くんに玩具を取り上げられたり、スケッチブックを破かれたりと、あまりに慈悲のない迫害を受けてしまう。気にするな貴司。小学校に上がったら見返してやれと励ましてはみるのだが、敗者を思わせる自信なげな目元がきりりと吊り上がるようなことはなかった。

仕事を終えて家に帰った私がリビングで傷だらけになった貴司の姿を目にしたのはそれから数年

後のことであった。小学一年生になった貴司は悔しそうに膝を抱き、際限なく溢れる鼻水をじゅるじゅると啜《すす》ることに忙しい。なんだどうした何があったと飛びつくやいなや大方の事情を察してしまった私は愕然《がくぜん》としてその場にくずおれる。リビングに設置されたローテーブルの上に置かれていたのはぐしゃぐしゃに丸められた算数の小テスト。鉛筆で乱暴に引っ掻《か》いたような無数の斜線が引かれている問二の設問は、あろうことか愛しい我が子の名前から始まっていた。

『たかしくんは、やおやさんで、にんじんを5本かいました。しかし、いえに帰るとちゅうで2本おとしてしまいました。たかしくんはいま、にんじんをなん本、もっているでしょう？』

設問の横には子供の拙い筆跡で『にんじんをおとす、バカたかし。バカバカ』と品のない悪口が添えられている。

なんて意地悪で性格のひん曲がった悪童がいるのだろうと腸《はらわた》が煮えくり返りながらも、私は同時に深い後悔の海を漂っていた。そうであった。どうして思いつかなかった。犬はポチ、猫はタマが王道の名前であるのと同じように、算数の問題に登場する少年は私が幼い頃からいつだってたかしくんと相場が決まっていた。防げた。防ぐことのできたトラブルであった。私は貴司を慰める言葉を探そうとするのだがうまく言葉を定めることができず、ひたすらあぐあぐと舌を空転させるばかり。見かねた妻が今はそっとしておいてあげてと私を廊下へと押し出すと、貴司の咆吼《ほうこう》が3LDKの我が家全体に響き渡り、私も廊下の隅で声を殺して涙をこぼした。

貴司の様子については人一倍気を配っていたつもりであったが、ほとんどの平日、午前七時から午後九時まで家を空けている日勤の人間は息子の不登校に気づくのにもずいぶんと時間を要してしまった。どうして教えてくれなかったのだと妻に問えば、あなたに心配をかけたくなかったと彼女なりに切実な返答を寄越す。

それから間もなくして、妻は伊藤家にとって二人目の子供である女児をその腹に宿した。私に多分に遠慮しながらも、今度は私が名前をつけるねと手を挙げた妻はたっぷりと時間を費やした果てに「心珠《ぱある》」というエッジの効いた名前をつけると、お七夜の席で義父母を大いに喜ばせた。これでいいのよ、今の子は、こうでなくっちゃ。義母が笑顔を見せるすぐ真横で、瞳を凍らせた貴司はぽつりと、祝福とも呪いともつかない言葉をこぼした。

いい名前だね。字は違うけど、僕の学年に「たかし」は二人いて、教頭先生と学年主任の先生も「たかし」だから、誰とも被らない名前が羨ましいよ。

貴司が学校に行けぬままいたずらに歳月だけが流れ、やがてどう学校に送り出そうかと頭を悩ませていた妻も貴司の在宅を受け容れるようになってしまう。このままでいいはずがない。誰もが心の隅に引っかかりを覚えながらも我らが伊藤家は歪《いびつ》な安定を見せ始めていたのだが、唐突に舞い込んできた一本のニュースが偽りの平穏を完膚なきまでに破壊する。

都内にある大型商業施設を放火全焼させた疑いで、千葉県在住の無職、伊藤貴史《たかし》容疑者（四十二歳）が逮捕されました。火事による死傷者数は千人を超えるものと思われます。

何て恐ろしくそして不幸な事件が起きてしまったのだと震える私の横で息子ははっはっはとこれまでの人生の鬱憤《うっぷん》すべてを晴らすような高笑いを始める。十歳になり語彙も豊富になった貴司はこりゃ傑作だよ傑作だと目に涙を浮かべながら画面を指差し、

「僕の人生は終わったよ父さん。字は違うけど、同姓同名の犯罪者が出てしまった。そりゃあこうなることもあるだろうね。なぜなら僕は伊藤貴司だったんだから。これだけありふれた名前なら、遅かれ早かれこうなる運命だったんだよ。いや、あるいはこれは僕の未来を暗示する出来事なのかもしれない。きっとすべてのイトウタカシはやがて同じ道を辿ることになるカルマの中を生きているんだよ」

「やめなさい貴司。貴司の名前はそんなつもりでつけたものでは――」

「詭弁《きべん》を弄《ろう》すのはやめてくれよ父さん。これ以上笑わせないでくれ。僕だって自分の名前の由来がわからないほどのうつけじゃない。母さんの貴の字と、父さんの司の字を一文字ずつとったんだろう？　その吐き気を催さんばかりの安易さには一旦目をつむるとしてもだよ、父さん。この名前のあまりに残酷なことに父さんは気づいているのかい？　父母から一文字ずつ受け取るということは、つまり僕は父さんと母さんの人生の縮小再生産しか成すことができないと生まれながらにして宿命づけられてしまったということなんだよ。親を超える、私よりも大きく偉大に育って欲しい。そんな思いを胸に命名する人がほとんどの中で、父さんは僕に小さく育てという呪いをかけてしまった。決して両親が規定する枠からはみ出るなよという暗示をかけて僕を矮小《わいしょう》化することに成功したわけだよ」

「違うっ、違うぞ貴司！」

「あぁ、父さん。でも安心してくれよ。僕はとうとう自分が成すべきことを見つけた。いまこのニュースを見て、僕は自分が自分でも想定していなかった大事を成すことのできる器であると確信したよ。僕は歴史に名を刻むよ、父さん。僕は四十二歳の伊藤貴史さんに導かれて、次なる革命の火を灯《とも》す。母さんが使ってるこの包丁、ずっと切れ味がよさそうだなって思ってたんだ。まずは父さん、僕の魂の解放と新たなる伊藤貴司の誕生を祝う最初の生け贄になってくれよ。というわけで、じゃあね父さん……死んでくれ」

貴司が振り上げた包丁はぎらりとシーリングライトの光を反射させるやいなや、私の喉元に向かってまっすぐにさくりと――ぎやぁぁぁぁぁあ。

ぶーぶーというバイブレーションに起こされた私は、はぬぁっと悪夢を振り払う奇声を上げる。どうしたんですか大丈夫ですかと心配する同僚に大きな声を出してすまないと詫びながら体中に滲《にじ》んだ脂汗をフェイシャルシートで拭い、縋《すが》るように卓上カレンダーを見つめれば本日が妻の出産予定日の二十日前であることが判明する。

未《いま》だ動揺から覚めきらない震える手で午後からの面談資料をまとめながら、私は鋼の決心で名前を再考することを決意した。危ないところであった。貴司ではいけない。絶対にいけない。心を落ち着かせるために黒いリンツを口の中に放り込み、甘みの中に溶けている深くて濃いカカオの苦みをじっくりと噛みしめる。

二度と見たくない悪夢には違いなかったが、私は先の妄想よりいくつかの知見を手に入れることに成功していた。まずもって名前はオンリーワンである必要がある。耳馴染みのいい平易な名前は周囲から浮くことはないであろうが、何より当人が自分は他の誰とも異なる特別な存在であるという自己認識を得がたくなってしまう。考えてみれば、まさしく私こそがそうであったのではないだろうか。

私が生まれた頃は今よりもいくらか名づけに関しては保守的な傾向があったように思うが、それにしたって私の「清司」という名前は王道にして平凡、世間一般の中央ど真ん中をまっすぐに貫いた名であった。気に入ってはいる。しかし私は清司と名づけられた瞬間から、清司の人生を歩むことを宿命づけられていたとも言えるのではないだろうか。仮に覇道の覇に、事典の典で、「覇典《はてん》」とでも名づけられたのだとしたら、私は定められた「伊藤覇典」という名に見合うよう、今よりも一回り二回り、下手をすれば五回りほどスケールの大きな人間になっていた可能性は十二分に考えられる。

ならば、躊躇してどうする。数日前までキラキラネームをせせら笑っていた私であったが、なるほどあれは自分の子を世界にたった一つの宝玉であると認めているからこその贈り物であったのだと膝を打つ。いったいどうして、自分の子供が境内に敷き詰められた玉砂利の一粒になることを看過できよう。君はこの世界の誰とも違うとっておきにしてとびっきりの、いわば大きくて美しいダイヤモンドなのだよということをゴッドファーザーたる親が何よりも先に示してやらずに誰がやるというのだ。

そうと決まればやることは一つ、新たな名前を考えようと勇ましく鉢巻きを締め直してはみるのだが、貧困だった想像力が突如として倍加してくれるわけではない。ああでもないこうでもないと悩んでいるうちに、気づけば私は新年度に向けた決起集会という名の飲み会の席に座っていた。

幹事を託されたときから料理はもちろん、店の所在地、内装の雰囲気、掘りごたつの有無から喫煙の可否にいたるまで徹底的に調べた上で予約した海鮮居酒屋は、メニューからして気合いの入り方がまるで違っていた。流れるような美しい筆文字で本日のおすすめであると紹介されていたのは、鮭はらすの雷《いかずち》焼き、大粒いくらの春風のり巻き、霜降り和牛の味噌炙り賽子《さいころ》。見ているだけで美味《おい》しそうだとはしゃぐ仲間を見ているうちに、やはり名前だ名前、すべては名前なのだよと一人静かに責任感と焦りを募らせ、にゅるにゅると眉間に皺《しわ》を寄せる。新米とおぼしき店員はこちらの注文を平然と二つ三つ忘れ、いずれの料理も提供まで三十分以上を要し、散々待った挙げ句に配膳された品々はどれもこれも期待ほどの味ではないというガッカリの連続であったが、私はこの店を選んでしまった罪悪感に打たれるよりひたすら息子の名前のことで頭をいっぱいにしていた。ひょっとすると千倍に希釈したのではないかと疑いたくなるようなうっすいうっすいハイボールで喉を湿らせながら、これはもはや缶詰めになるしかないのではと覚悟を決める。

というわけで身重の妻を差し置いて熱海《あたみ》に三泊四日の小旅行に――などという不義理ができるはずもなく、週末、私は実家の妻に挨拶をしてから国語辞典と漢和辞典を手に近所にあったコワーキングスペースへと駆け込んだ。

ではではさっそくめぼしい漢字でも探していこうかしらんと勇み足になりそうな自分を戒《いまし》め、私はまず何よりも先に名前に対する具体的なテーマや展望を見定めることが肝心であろうと考えた。目標もないのにただ勢いだけで選択をした結果最悪の事態に陥ってしまうというのはまさしく保険や投資に通じる初歩的なミスである。ねぇねぇお父さん、どうして僕の名前は貴司になったのと訊《き》かれたとして恐らく数日前までの私はその経緯を語ることはできたとしても、意味や意図を説明をすることはできなかった。まずは息子にどんな人間になって欲しいのかというプランを父としてじっくりと考えねばならない。心の優しい人に、自己犠牲を厭《いと》わぬ人に、何よりも芸術を愛するクリエイティブな人に、あるいは畏怖を与えながらも覇道を進むカリスマに。あらゆる可能性を考えては消去し、慣れないブラックコーヒーを三杯ほど飲み干した頃にいよいよ私は一つの結論へと達した。

世界を股にかけて活躍する人材になって欲しい。

近年はSNSの発展がめざましく、これからはグローバルな社会がやってくるので云々《うんぬん》かんぬんというような御託を並べるまでもなく、我々はすでに国境など存在しない時代を生きている。これからやってくるであろう更なる激動の時代を考えれば、必然的に海の向こうへと視線を向けるスケールの大きさが求められる。スポーツマンになろうが芸術家になろうがサラリーマンになろうが構わないが、どんな分野であろうとも視野は広く持てる人間になって欲しい。いいや、ならなくてはならない。

一度指針を定めると、まさしく暗中模索としか言いようのなかった名前探しの旅に一筋の光明が見えてくる。国語辞典と漢和辞典を何度も往復し、ありとあらゆる単語の組み合わせを端から端まで徹底して精査し、これかこれかこれなのかとたわわに実った苺の色艶を峻別《しゅんべつ》するように手探りを続けているうちに、とうとう私は稲妻に打たれた。

これだ。

清貴や有司に比べれば、まあ、貴司のほうがいくらか魅力的なのかなと、曖昧としか形容しようのない根拠で名前を決めてしまった前回とは何もかもが異なっていた。この世界におそらくはたった一つの名前であり、意味には私の想いが十全に込められており、ただ字面を眺めているだけで陶然とできるほど見栄えもよろしい。

お七夜を待たずにすぐさま妻に報告してしまいたい想いをどうにかこらえてコワーキングスペースを後にすると、私は比喩ではなく事実としてスキップをしながら自宅へと向かった。よき名前を息子に与えることができるという安心感は私に多大なる心の余裕を与え、翌週の面談ではいつもより三倍は滑らかに舌が回った。名前に対する審美眼も随分と肥え、水曜日の二組目として「高橋晟《てる》陽《ひ》」さんという女性が生命保険の相談に現れた際には自然と賛辞の言葉が口からこぼれた。なんて美しくて品のある名前なのでしょう。心からの激賞であったのだが、しかし晟陽さんは予想外の苦笑いを浮かべるといえいえと恥ずかしそうに手を振り、

「なかなか一度では読んでもらえなくて、苦労するんです」

いやしかし、多少の難読であろうともオンリーワンであることは何よりも尊ぶべきことでありましょうと褒めちぎるのだがやはり晟陽さんの表情は晴れず、徐々に苦笑いの苦みの成分ばかりが濃く抽出されていく。

「本当に心から思います。名前は読みやすいものに限るなって。改名できるなら、私今からでも変えたいですもん」

きっぱりと断言されるとそれ以上名前についての話題を持ち出し続けるのも憚《はばか》られ、私は黒の

リンツを手渡すといそいそといつもの手順での商談へと進んでいく。つつがなく面談を終えてオフィスへと戻ると、私の机の上にはポリ袋に入ったリンツの山が置かれていた。

頼まれていたチョコレート、補充しておきます。

支援グループで働いている女性からのメッセージが添えられているのだが、嘆かわしいことに彼女が買ってきてくれたリンツは黒ではなく、赤であった。注文していた手前文句を言うのも気が引けて私は頭を抱えたまま試しに赤のリンツを口の中に放り込んでみる。不味《まず》いどころかリンツを代表する一番人気のミルク味なだけあってとんでもなく美味《うま》い。美味いのだがしかし、ほぼすべての味を食して吟味《ぎんみ》した経験のある私は面談のときには黒（正確にはリンドールの60%カカオ）こそが至高であるという結論を見出《みいだ》していた。甘ったるすぎず、それでいて我慢比べをしているのかと疑いたくなるような過剰なビターさもない。冷静に保険や投資信託を選ぶときには黒のリンツでなければいけないのにとため息をついていると、淀《よど》んでしまった気持ちが呼び水となって先ほどの晟陽さんの話が蘇《よみがえ》る。

名前は読みやすいものに限る。

そんなものは所詮、煌びやかなロレックスを腕に巻いている人間がたまにはチープな時計もつけてみたくなるんですよ、はっはっはと強者の余裕でこぼした戯《ざ》れ言に過ぎない。持つ者が持たざる者に花を持たせようとしただけの世辞であるのだと忘れてしまおうとする一方で、しかしあれが本当に魂から湧き出た彼女の叫びであったのだとしたらどうしようという一抹《いちまつ》の懸念も拭えない。

どうする。どうしたらいい。何が正解なのだろうと私はもう一粒赤いリンツを口の中に放り込みながら般若《はんにゃ》の形相を作る。大丈夫、私が先日考え出した完璧に過ぎる名前は我が子の人生をきっとよきものにしてくれるはずだと念じるように唸《うな》りながら、しかししかし、それでもいやいやと唸りながら私は私は、私は――

「――汐擢《せかい》、です」

どんと命名書の入った額縁をダイニングテーブルの上に立てると、私はどうだと言わんばかりに見得《みえ》を切った。

汐は「しお」とも「うしお」とも読む海を表す漢字であり、擢は水を掻いて船を進めるために使うオールを指している。すなわち汐と擢とは、海とオール。この二文字が並ぶだけで、私はすでに太平洋の美しい水面に力強くオールを突き刺して世界へと前進していく我が子の背中が透けて見えてならなかった。汐の字は「セキ」とも読むので、「セ」と名乗らせるのは存外奇妙でもない。結果、オール一つで大海原へと乗り出すことを表した二文字を並べるだけで、自然と「セカイ」と読むことができるという奇跡が起きている。

伊藤汐擢。

文字面も極めて端正である。

義父は最初こそ、これでセカイと読ませるのかい、それはなんというか、まあ、と初めてスラッシュメタルを耳にした聖歌隊の一員のように目をぱちくりさせていたが、やがてこれはこれでいいのかなといった様子で首肯した。義母も同様に不安げな眼差しを向けてはいたが、そのうちに目を細めてぱちぱちと拍手をし始めた。もう一つ芳しくない義父母の反応に不安を抱いていると、しかし肝心の妻は素敵な名前をもらえたねと満面の笑みで息子を抱き上げた。

「汐櫂くん、こんにちは。あだ名は『せっちゃん』かな？」

私がほっと胸を撫で下ろすと義父のオリンパスのオートシャッターがパシャリと切られ、愛する息子改め伊藤汐櫂がおぎゃおぉんと喜びの声を上げた。

さすがに世界に照準を定めた壮大な名を与えただけあって、日を経るごとに汐櫂の眼差しはきりりきりりと鋭く研ぎ澄まされていった。こちらの想定を大きく上回るペースで二本の足で立ち上がることに成功すると、立った立ったもう立ち上がったよと騒ぐ我々を黙らせるように品よく口角を上げてみせた。こんなものはこれから僕が作る伝説の序章に過ぎないんだよ。そんな頼もしい幻聴を耳にした私は感動のあまりリビングで卒倒し後頭部に大きなたんこぶを作ったものの、いやいやこれもよき思い出だと氷嚢《ひょうのう》を握りしめながらはっはと笑った。幸運なことに大きな病気もなくすくすくと育った汐櫂は幼稚園の入園式でも一人すでに黒帯を持っている柔道の師範のような立ち姿で堂々と胸を張り、言葉を発するまでもなく周囲をこれでもかと圧倒していた。

「これはええと、伊藤――し、しお、し」

「セカイ、と読みます。伊藤汐櫂。以後よろしくお願いします」

幼稚園の先生に向けた蕩《とろ》けるような微笑は、やがて汐櫂が世界を摑むことになるこの一代記の華麗なる一ページになる――はずであった。園児でいるうちはきっと何かの誤差なのだろうとあまり気にはしていなかったのだが、物腰や所作がひたすら等加速度的に洗練されていく一方、汐櫂の学力は物足りないとしか言いようのない低空飛行を続けていた。どの教科も平均以下。しかしどうにも高すぎるプライドが自身の現状を真摯《しんし》に受け容れてひたむきに勉学に邁進《まいしん》することを阻害してしまっているようで、いつまで経っても学力が向上していく気配が見えない。そんな中、交通安全講習のために近隣の免許センターから派遣されてきた警察官の女性が汐櫂に質問を投げかけようとした折、

「えぇと、この名前は、伊藤『ウシオタク』くんでいいのかな？」

誤読が口にされた瞬間クラスメイトたちはどっと嘲笑の叫びを上げ、これを契機に教室における汐櫂の扱いは極めて虐《いじ》めに近いものへと変貌していってしまった。「汐」を「うしお」と読むのは承知していたものの、果たして「櫂」を「タク」とは読めないだろうと思っていたのだが漢字源には変則的な読みとして「タク」の読み方が併記されており、なるほど「ウシオタク」はまったく根拠のないデタラメな読み仮名とも言えなくなってしまう。

「ねぇねぇ、牛オタクくん、今日の給食の牛肉はこれ、どこの部位なんですか～？」

「おいおい、牛オタクが豚肉食べたら、それは裏切り行為だろ～」

汐櫂は学友の陰湿な言動にいよいよ心を折られたというよりは、あのような低俗な人間と同じ学び舎で過ごしたくないということを理由に不登校を決め込み、個別に学習指導をしてくれる家庭教師のようなものを頼みたいと依頼してきた。金銭的な余裕はなかったが、世界に向かって大きく羽ばたかんとする息子の頼みとあっては無下にもできず、私は各教科のプロフェッショナルを自宅に招いて汐櫂に個人レッスンをしてもらうことに決める。しかし来る教師来る教師、みなが判で押し

たように「君は、ええと、し、しお……」「よろしくね、あの、伊藤ち、ちょう……」「頑張ろう、う、うし、うしお……」と名前を読むことができずに出鼻を挫《くじ》かれたということも関係したのかしていないのか、汐櫂の成績はどうにも上がっていかない。

やがて汐櫂は教師を交代してくれと言い出すようになり、三巡目の教師がやってくるようになったところでとうとう壊れてしまう。仕事から帰宅するとリビングから怒号が響いていることに気づいた私は、妻が暴れる汐櫂の四肢をどうにか押さえ込もうと必死になっている姿を見つける。どうした何があったと問うと、汐櫂は目を血走らせながらやっとわかったよ父さん、やっとわかったんだよ父さんと譫言《うわごと》のように繰り返し、

「父さん、知っているかい? 一生のうち、人が接点を持つことになる人間の数はおよそ三万人だというデータがあるそうなんだ。三万だよ、三万! 僕はこれから通算して三万回の自己紹介をすることになって、その度に名前を読み間違えられる運命にあるんだ。僕は当然不快な気分になるし、読み間違えた相手もまた申し訳ない顔を浮かべて気まずい時間が流れる。読み方は『セカイ』です、『セカイ』って読むんですって僕が訂正すると、随分奇妙な読み方をするんですねって怪訝《けげん》な視線で見つめられるオチまでついてくる。このやりとりが毎回必ず五分執り行われるとしよう。三万人×《かける》五分=《は》十五万分! 十五万分は、二千五百時間で、つまるところ百四日間だ! 父さんがこんな名前にしたばっかりに、僕はこの人生の百日以上を意味のない空虚な説明のために消費しなければいけない! こんなことにばっかり時間を使っていれば、そりゃあ成績なんて上がってこないよ! 上がりっこないよ! いいかい父さん、僕をこんな状態にしたのは――」

「やめてくれ汐櫂！　そんなつもりでつけた名前じゃ――」
「もういいや、父さん。僕と一緒に死んでくれ」
包丁が私の腹にずっぷし。ぎやぁぁぁぁぁあ。

バイブレーションを切って机に頭を打ちつけた私は、助けを求めるように卓上カレンダーを睨む。今日は妻の出産予定日の十日前。フェイシャルシートを一度に三枚手に取った私はまたしても脂汗を拭いながらひょろひょろと魂を吐き出すような安堵《あんど》のため息をつく。

危ないところであった。汐櫂ではいけない。新たな名前を考えなければ。

私はもはや悠長に構えているときではないと確信し、ゴールデンウイークの隙間を埋めるような形で強引に休暇を取ることに決めた。面談の予約が入っていた顧客には申し訳ないという言葉では足りないほどに申し訳ない思いを抱いていたが、こちらは一人の人間の一生を左右する極めて重大な局面に立たされているのだから優先されて然るべきであった。選ぶ保険を間違えても人生の巻き返しはいつだって可能だが、名前を間違えれば二度と浮上することのできない永久《とこしえ》の地獄が待っている。

またしても国語辞典と漢和辞典の二冊を手にコワーキングスペースへと向かうと、私は生まれて初めてレッドブルのプルトップに指をかけた。ぷしゅりという景気のいい音を耳にしながら悪夢から得た教訓を胃袋のあたりでひたすらにぐつぐつと執拗《しつよう》に反芻《はんすう》してみると、森に立ちこめていた靄《もや》が晴れていくように新たなる指針がうっすらと見えてくる。名前は個性的なオンリーワンである必要があることは貴司の件で骨身に染みて理解していたが、なおかつ一切の誤読を許さない単一の読み方しかできぬものを選ぶ必要があるというのは、まったくの盲点であった。世間の人間はこちらが想定するよりも遥かに意地悪で、何者かを口撃するためならいかに強引な発想であっても飛びつくことを躊躇しない。ならば息子の素晴らしき人生を守るためには万難を排し、斜めから見ようが裏側から透かそうが火で炙ろうがどうあがこうとも誤読を許さぬ頑強な名前を誂《あつら》える必要がある。

さあ名前を考えようと、勇ましいスタートを切った私はとうとう金曜から日曜の夜までただの一瞬たりとも眠らなかったというより、眠ることができなかった。あれでもないこれでもないと辞典はもちろんサイコロやエクセルのマクロ機能まで活用してありとあらゆる名前を検討するのだが、これと思える名前が一向に見えてこない。明らかに顔色が悪すぎます、もうご自宅に帰るべきですと二十四時間営業のコワーキングスペースを善意で追い出されるのだが、だからといってそれじゃありリフレッシュするために一旦リビングでカフェラテでも飲みましょうかというような悠長な選択肢に飛びつけるほど責任感の薄い人間ではなかった。無理を重ねて休暇までとっているのだから休み明けまでにこれぞという究極の名前を思いつく義務と責任がこちらにはある。どうにか名案を絞り出さねばと街を彷徨うゾンビの足取りで最寄り駅のロータリーをぐるぐると無意味に三十回は周遊していたのだが、そのうちにとうとう体力の限界を迎えて行き倒れとなる。ばったりとバッテリーが切れたようにその場に倒れ込めば、大丈夫ですかと駆け寄ってくれた男性の言葉も夢うつつ。頬から伝わる歩道の冷たさに一筋の涙をこぼしそうになったところで私はしかし、しかし、しかし、天啓に出会う。トリガーを引いたのはまさしく大地との一体感に違いなかった。

ああ、ああ、ああ。

三度唸り声を上げると、私は神からの授けものとしか思えぬ完璧な名前に滂沱《ぼうだ》の涙を流す。思いついた、思いつくことができた、これしかないではないか。私は駆け寄ってくれた男性に無事を伝えてから礼を言うと、少し待ってくださいと言って鞄から先ほどまで使用していたノートを取り出す。どのページも名前の候補が黒々と書き連ねられており大変に汚いのだが、裏表紙にわずかな余白を見つけると私はそこにボールペンで二文字の漢字を書き込んだ。

「これ、人名です。何て読むと思いますか?」

私が見せつけた二文字は、凱亜。

『がいあ』さんですかと男性が答えた瞬間に私は人目も憚らず歓喜の歌を高らかに歌い上げた。何事だ何事だとぞぞろ集まってきた通行人たちに代わる代わる凱亜の二文字を見せるのだが、誰もが私の異様な精神状態に戸惑いはしたものの、ついに誰一人として誤読をすることはなかった。

凱亜。伊藤凱亜。完璧ではないか。

そうそう誰とも被ることのない唯一無二の名前でありながら、読み方は単純明快、どう転ぼうともガイアとしか読めぬなんたるソリッドな二文字であろうか。言うまでもなく「ガイア」は地球を意味する単語であり、世界に羽ばたいていく息子にこれ以上なくフィットする。その上、凱の字は「にこやかに楽しむ」という意味を持っており、亜は我らが日本も所属する「亜細亜《アジア》」の頭文字であると捉えれば、亜細亜を起点に地球全体をにこやかにもり立てていく息子の姿が今にも瞼《まぶた》の裏に浮かんでくるではないか。付け加えるなら「GAIA」とローマ字表記したときに、それがそのまま海外でも違和感なく通用するスペルになっているのも得点が高い。

やはりどれだけ貧困な発想力しかない人間であっても、執念を持つことさえできればやがていいアイデアへと辿り着くことができるのだ。私はやつれた顔で実家の妻のもとへ顔を出すと、なかなか君に会うことができず申し訳なかったとひたすらに謝罪した後に、しかしいよいよ最良の名前を思いつくことができたと感謝の報告をした。正式な発表はお七夜までお預けにするものとして、これまでボツになったアイデアくらいは聞かせてもいいだろうと照れくささに頬を染めながら、すべては貴司という名前から始まったのだと教えてみる。それもいいじゃないと妻は微笑んだが、私はゆめゆめ名前を軽く見てはいけないぞと緩やかな警告を伝えた後にこれまでの軌跡をひとしきり語って聞かせた。そうして雲の上を歩くような幸せな浮遊感を味わっているうちに日々は瞬く間に過ぎ去り、予定日の二日前であった金曜日、いよいよ我が息子は川越市の産婦人科にて聖なる産声を上げたのであった。

分娩に立ち会った私は新たな命がこの世に生み落とされる現場の臨場感にひたすら圧倒されながらも、どうあがいても男性の身では果たし得ぬ大事を成し遂げてくれた妻に念仏のような感謝の言葉をひたすらに捧《ささ》げ続けた。取り上げられた子供は血と羊水にまみれていたがそれもまた命の神秘でありいっそ美しさではないかと感動していたのだが、産婦人科のスタッフの手によって綺麗《きれい》になった我が子の顔を改めて直視した瞬間、私は誰に気づかれることもなく大いに目を剝《む》いた。

いやいや、生まれてすぐの赤子というものは顔つきも不安定なのだろうと思い込むことにしていたのだが、出産の翌朝、私はしみじみと我が愛しい息子の顔を直視すると疑いようのない違和感に埴輪《はにわ》の顔を作った。断じて醜《みにく》かったわけではなく、何てことだこれはきっと私の子ではないぞとあらぬ疑念に駆られたわけでもない。ではこの言いようのないもやもやとした個人的な想いをいかに表現しようかと頭を悩ませるのだが、とにもかくにも私の全身を音速で駆け抜けていったのはたった一つのシンプルな直感であった。

この子の名は、絶対に凱亜ではない。

自分の子供であるという身内の欲目を抜きにしても我が子は中々かわいげのあるチャーミングな顔つきをしていたのだが、しかし私に似た一重瞼とすでに濃く生え揃っている眉毛はいぶし銀で名を馳せる昭和のスタアを予感させた。千葉真一《ちばしんいち》というよりは渡哲也《わたりてつや》、布施明《ふせあきら》というよりは北島三郎《きたじまさぶろう》、ディーン・フジオカというよりは柄本時生《えもとときお》。凱亜という名前を授かるには何かのパラメーターが不足しているという意味ではなく、お前はミシュランが星をつけるような老舗の寿司屋に「ヘブン」という名前をつけるのかという話である。

私は我が子が無事にこの世に生まれ落ちてくれたことを喜びながらしかし頭の片隅にて疑いようのない焦りが爆発的な速度で膨れ上がっているのを感じていた。このままではいけない。いけないのだが残り数日で私は新たなる名前を思いつくことができるのだろうか。数日前、妻に対してあれだけの啖呵《たんか》を切ってしまった手前、このままえいやと凱亜と名づけてしまうのも一興なのではないかと考えたそばから、何を我が子の名前に対して妥協めいたことをしようとしているのだと激しい自己嫌悪の鞭《むち》に打たれる。多幸感と疲労感と罪悪感の海でもがきながら我が子にそっと視線を向ければ、愛しい顔がどんな言葉よりも雄弁に、そして強力に凱亜という名を拒絶する。

やり直すのだ、伊藤清司よ。命を削ってやり直せ。

私はスマートフォンで我が子の写真をありとあらゆる角度から撮影し尽くすと、すでに渋さとダンディさを醸している顔を、しわしわな小さな手足を、全体の丸々としたフォルムを目に焼きつけながら、少しだけ暇《いとま》をと叫んで病室を飛び出した。もはや尋常のやり方では妙案を捻り出せないと悟った私が一路車で目指したのはなぜか雲取山《くもとりやま》であった。大地の冷たさから凱亜という名に辿り着いた経験を参考に今度は山かあるいは天空からインスピレーションを頂戴しようと目論《もくろ》んだのであろうと自己分析をしながら無我夢中で山を登っていく。さすがに山頂を目指せるような装備ではなかったのである程度の高さまで来たことを確認すると草っ原に分け入って瞑想に相応《ふさわ》しい場所を探した。水のせせらぎが聞こえる涼しい沢のような場所を見つけたのでどっかりと腰を落ち着けると、私は迷わず着衣をすべて脱ぎ捨てて自然と同化することに決めた。文明の叡知《えいち》とも言えるスマートフォンを取り出すのは些か無粋であるようにも思えたが、息子の顔を見ずに名前を定めることはできなかった。名前はオンリーワンでありながら単一の読み方だけを許すものである必要があり、同時に何より当人の風体に合致しているものでなくてはならない。私は全裸で石の上にあぐらを掻き、スマートフォンの画面に映し出された命題たる我が子の顔を見つめる。

教えてくれ我が子よ、君の名前は何なのだ。

問い続けながら二時間が経過する頃には、私の体の上には何匹もの虫がよじ登り、肺へと送り込んだ緑の生《む》すような青々とした香りが毛細血管の隅々まで行き渡っていた。もはや私自身が、雲取山の一部である。自然との一体化に成功した私であったが、しかし肝心の名前はというとまったくもって降りてこない。はっと稲妻が落ちる瞬間を、胸が矢で射貫《いぬ》かれるような衝撃を、天上からの声が脳内にふんわりとこだまする瞬間を今か今かと待ち続けるのだが、私はとうとう何を思いつくこともできない。焦ってはいけないと言い聞かせれば言い聞かせるほどに思考は絡まり、もはや名前などつけられないのではないかと諦めたのが日も落ちてきた夕暮れどき。

無為な時間を過ごしてしまったと失意の闇に呑まれそうになったそのとき、私は人知れず明鏡止水の境地に至っていた。一切の揺れのない美しい水面に一滴の雫《しずく》がぽたりと落ちるように、私は静謐《せいひつ》な真理へと到達する。

そうだ、そうではないか。

「名など、どうしてつけられよう」

声に出した途端、私の肩と膝と恥部に張り付いていた羽虫が目覚めを思い出したようにふわりと飛び立ち、天から小粒の雨がぽつぽつと降り始めてくる。軽率になってはいけない。言い聞かせるようにたっぷりと三十分以上恵みの雨を浴びてから、私は泥にまみれた衣服を着用し、雲が流れるような速度でゆっくりと下山した。そして我が家に帰り着いたとき、自身の考えにこれっぽっちも変化が生じていないことを確信すると、どうしてこれまでこんなにも単純な答えに辿り着けなかったのだろうかと自らを恥じ入る気持ちがもくもくと湧き上がってくる。

現在の我が息子は、まさしく無限であった。

何者にでもなることができ、何を摑むことも何を手放すことも自由自在。しかしそこに私が貴司と名づけた瞬間、彼の周りを揺蕩《たゆた》っていた霞《かすみ》のような無数の可能性たちが無残にも死滅し、彼の人生航路は半減どころか、万分の一へと矮小化されてしまう。汐燿と名づけたとしても、凱亜と名づけたとしても同じで、人は名前を背負うことによって可能性をひたすらに失っていく運命にある。

ならば、無名。無名に勝る自由はないではないか。

名がなければ、名に縛られることがなくなり、いかような道を進もうがすべては順行でも反逆でもなく、それすなわち正解となる。人生が全肯定される。誰もが当然のように名前をつけることを慣習としてきたからこそ真実から遠ざかっていたが、歯に衣着せずに断言すればこんなものは親による最初の虐待に他ならない。支配者側が管理をしたいがために囚人に番号を振るのと同じ、許されざる非人道的行為ではないか。なぜ天衣無縫、自由闊達《かったつ》、縦横無尽に生きることができたはずの我が子を生まれて早々にして名前という牢獄に押し込むことが許されようか。

私は風呂場に向かうと自身の体を冷水で念入りに清め、未だ封も開けていなかった新品の肌着に袖を通し、大いなる決意を固めた。もはや迷うまい。我が子の名前は――


「――つけません」

私は白紙の命名書を見せつけると、眠るように目を閉じてから頭を下げた。

予想できていたことではあったが、なるほど無名でいくのだな、それもまたよろしいと納得してくれるはずもなく、義父母はともに口を開け放ったまま固まる剝製と化した。さすがの妻も困惑は隠せないようで、いったい何を言っているのと私の真意を探るように強《こわ》ばった笑みを浮かべて首を傾《かし》げる。

疑問は百も承知。真理に到達していない人間からしたら不可解極まりない提案であろうと理解できていたからこそ、私は私が企《くわだ》てた極めて理知的にして常識的なプランを、パワーポイントを駆使して説明することにした。

こちらをご覧あれ。

通常、子供が生まれた場合、生後十四日以内に名前を記した出生届を役所に提出しなければならない。正当な理由なくこれに遅延してしまうと怠慢であると見なされ、五万円以下の過料を要求されるというのがこの国の定めたルールであった。ならばと当初の私はこの過料を支払って時間的猶予を得ようかとも考えたのだが、名前についてのさらなる調査を進めていく中で私は「追完《ついかん》」という概念に遭遇する。

基本的には生後十四日以内、出生届を提出するまでに名前を決定することが推奨されているのだが、どうしても間に合わないというケースに限って出生届の名前欄に「名未定」と記して提出することが許されていた。つまるところ「名前はまだ決めていませんが、子供が誕生したことをご報告します」という意思だけを表明することができる。ではいざ名前を決定した際にはどうしたらよいのかというと、「追完届」という書類に名前を記して提出することによって、追って名前を定めることができる。できるのだがしかし、しかしである。私は手に取れる範囲のありとあらゆる文献を調べてみたのだが、ついについについに、

「名前を決定しなければならない期限というものを、見つけられませんでした」

名前を決めずに出生届を提出すれば、追完によって名前を決定しようとも一生涯、当人の戸籍に

は「名前が未定で提出（のちに名前が〇〇に決定）」というやや不名誉な特記事項が記載され続けるとのことであったが、逆に言えば名前を決めずに出生届を提出することのペナルティはその程度であった。もちろん名前がないことによる弊害はいくらもあろうが、そんなものはこちらが勝手に名前を規定してしまったばかりに人生が歪《ゆが》まされてしまうことの暴力性に比べればなんと小さな瑕《か》疵《し》であろうか。まったくもって些事《さじ》である。

そして私は何も終生にわたって我が息子に「名なし」を貫いてもらおうとは露ほども思っていなかった。名前という概念そのものを恨んでいるわけではなく、親が生後間もない我が子に身勝手としか言いようのない名を与える横暴さに危機感を覚えているだけであり、子供が自身の体と心に最も馴染む名前を手に入れられるのだとすればそれは何よりも幸福なことであろうと確信さえしていた。ならば誰なら適切な名づけができるのだと問われれば答えはもうすでに自明も同然で、名前は当人こそに決定する権利がある。仮に当人が自らの名前を理性的に選択できるのだとすればこれはひたすらに言祝《ことほ》ぐべきことであるとしか言いようがない。

「我が子と言葉による意思疎通ができるようになる二歳から三歳まで待ち、当人がこれという名前を見定めることができたら追完届によって名前を決定する。私はこれでいきたい」

三人は考え直したほうがいいと私を説得するために躍起になったが、こちらの決意は石よりも固かった。やがて私の言葉に一分の理があることを感じてくれた妻が折れ、そんな妻が説得するような形で義父母も折れた。妻は息子を優しく抱きしめると小さく頰にキスをし、眠るようにゆっくりと目を閉じた。

「こんにちは名前のない君。あだ名は三年後に決めようね」

まだ何者でもないということは畢竟《ひっきょう》、何者にでもなれるということであった。それを早くから悟ることができていたのか、オリンパスのオートシャッターが切られた瞬間の我が子は泣くことも笑うこともせず、ひたすら冷静に未来を見極める僧侶の眼差しでレンズを見つめていた。

市役所の人間は戸籍に履歴が残りますがよろしいですかと忠言とも苦言ともとれる一言を寄越したが、差し出された無名の出生届を突っぱねる権限は持っていなかった。お名前が決まり次第なるべく早く追完届をお願いしますと言われたものの、なるべく早く名前を決めるつもりなど私にはこれっぽっちもなかった。

我が子は名前を持たぬまま生後十四日を迎え、名前を持たぬままいくつもの予防接種を受けることになる。通院する度に病院のスタッフは名前のないお子様のいらっしゃる伊藤様伊藤様と我々を呼び出し、いくらか戸惑うような表情を見せながらもいくつもの注射をぷちりぷちりと打ってくれた。役所は何度かいい加減名前を決めてあげてくださいとお節介極まりない連絡を入れてきたが、私に無視以外の選択肢はなかった。未定は未定である。なぜあなたたちにはそれがわからない。先方はついに名前を決めてあげないと可哀想ですよと根拠のない感情論まで持ち出してきたが、私に言わせれば名前をつけてしまうほうがよっぽど可哀想であった。役所は梃子《てこ》でも動かぬ私に対して大いに憤慨していたが、親権者である私を差し置いて強引に名前を決定させてもよいという法律はどこにも存在せず、結局彼らは伊藤家の未来を傍観するほかなかった。

存外病院以外で子供の名前を呼ばれる機会は少なく、名なしによる不便らしい不便はほとんど存在しないも同義であった。私も妻も息子のことは「息子」と呼ぶことに決めていた。妻はたっくんだとかよっちゃんといった仮初めのあだ名らしいものを設定してあげたいと懇願したが、いかなるものであろうとも子供の呼称をこちらが強引に規定してしまうのは避けてしかるべき蛮行であった。息子が「僕はたっちゃんなのかもしれない」と考えた瞬間に、彼はたっちゃんという鎖の牢獄の中に閉じ込められることとなってしまう。息子は息子であり、それ以上でも以下でもない。

一歳を少し過ぎたあたりでようやく意味のある言葉を訥々《とつとつ》と紡げるようになるのを確認すると、私はいよいよそのときが迫っているのだと胸の高揚感を隠しきれなくなってくる。二歳、そして三歳。幼稚園への入園が間近に迫ったそのとき、私は捲土重来《けんどちょうらい》、待ちに待ったそのときがやってきたのだと判断した。

なあ、息子よ。

清々しい日曜日の昼下がり、私はおもちゃ遊びに励んでいる息子に向かってそっと尋ねてみた。いよいよお前の名前を決めて追完届を出そうかと思うのだが、さあさあ息子よ、お前はお前の名前を自由に決めることができるのだ、なりたい名前をお父さんに言ってみなさい。しばし困惑の表情を浮かべ続けるのでなるほどこれはどんな名前にしようか早速悩んでいるのだなと合点していたのだが、どうやら息子はそもそも名前という概念をうまく理解できていないようであった。果たしてそのことに気づいた瞬間の私の感激というやつを、いったいどのような言葉を使って表現してみせようか。これこそがまさに理想的な白紙状態にして、完璧なるタブララサ。いいかい息子よ、実は父さんは伊藤清司、母さんは伊藤美有貴という名前を持っている。自分がどんな人間になりたいのか、どのような言葉の響きで呼んで欲しいのかをよくよく熟考して自分の名前というやつを考えてみてはくれないかと落涙を堪《こら》えながらどうにか説明すると、息子はようやく得心がいったという様子で頷いた。そしておもちゃ遊びを続けたままいかにも面倒くさそうに、

「……アンパンマンにする」

私は凍った。

いかんいかんこれはまだまだ説明が足りていなかったのだとさらに三十分かけて例を提示し、名前というものがいかに大切であり、名前というものの恐ろしさを知っているからこそ父さんたちはお前を無名のまま育ててきたのだということをたっぷり教示したのだが、やはり息子はおもちゃ遊びを中断せずに、

「アンパンマンにする」

「アンパンマンでいいわけがないだろ！」

激昂《げっこう》した私が息子の肩を摑んで数度揺さぶってしまえば、当然の条理として大泣きが始まってしまう。何をやってるのと妻に諫《いさ》められてようやく我に返った私は息子に謝罪をしてからそっと抱きしめ、三歳の体のあまりに小さきことを改まって理解する。まだ名前を決められる年齢ではなかったのだ。私はまたしばらく貝になることを決め込んで、無名の息子を幼稚園へと送り出すことに決めた。

名前がない子供がいるという状態は我が家の内部では取り立てて問題になることでもなかったが、幼稚園での集団生活が始まるといよいよありとあらゆる物事が立ちゆかなくなってくる。私は幼稚

園の先生にも決して名前を呼ばぬようにと（可能なら伊藤くんとも呼ばないで欲しいと）告げていたのだが、自分の名前をひらがなで書いてみようという授業から所有物の確認、配布物の整理にいたるまでいくつもの局面で不便が生じてくると、さすがに名前をつけて欲しいという強い要望を職員のみならず同窓の保護者からも受けるようになってくる。我が息子の未来を脅かさんとする障壁はいかなるものでもはねのけようと己の信念を曲げぬつもりでいた私であったが、名前のない子供がいるらしいというネットニュースがちょろりちょろりと世間を騒がせるようになると少々事情が変わってくる。興味本位の個人が物見遊山気分で幼稚園に押しかけてくるうちはまだどうにか突っぱねることができていたが、公のメディアが取材を申し込んでくると事態は日本全土を騒がせる事件の様相を呈してくる。これは新たな形の暴力なのかネグレクトなのか、はたまた化け物じみた優柔不断が招いたなれの果てなのか、あるいは奇矯な宗教を信仰する人間の錯乱めいた異常行動なのか。謂《いわ》れのない暴言を吐かれた末に息子に直接的な危害が加えられそうな気配が漂い始めると、私はおいそれと息子を外出させるわけにもいかなくなってくる。

我が息子が自分で名前を定められる年齢に到達するまではこの手で一から十まで必要な教育はすべて施していこうと不退転の決意を固めた私は、全身全霊でもって惜しみない愛情と必要な知識をひたすら我が子に授け続けた。文字の読み書き足し算引き算、図画工作から歌の練習に至るまで基礎という基礎をすべて教えているうちに、しかしハイエナのようなマスコミはとうとう我が家の所在地を嗅ぎつけてしまう。ばれてしまえば最後、もはや我々に安らげる時間など訪れるはずがなかった。平日土日はもちろん昼夜も問わずにひたすら早押しクイズのボタンよろしく連打されるインターホンに我が子は怯え、妻は飯も碌《ろく》に食えずにげっそりと頬が痩《こ》けるまで憔悴《しょうすい》し、私は帰ってくれ帰ってくれとフライパンを手に玄関で叫び続ける悲しきデモ隊員となる。

二週間は堪えられた籠城戦も、兵糧がなくなればまもなく終戦を迎える。いよいよ玄関を開けねばならないのかとやつれた私が歯を食いしばっていると、ねえねえ父さんと私を呼ぶのは愛する息子であった。

「ようやく決まったよ、僕の名前が」

平時なら喜んで然るべき言葉であったが今は状況がよくなかった。申し訳ないが後にしてくれないかとややもすると突《つ》っ慳貪《けんどん》ともとれる口調で告げた私に対して息子は、いいや今でなくてはならないのだよと諭すように口にするとまもなく、

「僕の名前はパンダだよ、父さん」

アンパンマンを候補として挙げてから数年の月日が経っていたが、どうにも発想が往時からあまり成長していないなと呆《あき》れそうになったところで、それがこの上なくシニカルでアイロニカルな反駁《はんばく》であると気づいた私は言葉を失った。

「よくも父さん、僕の人生を弄んでくれたね」

「何を言ってるんだ、息子よ……違うぞ、断じて違う」

私は震える声で妻に助けを求めるのだが、すでに彼女は飢餓《きが》で事切れていることに気づく。名前を持たずに育った息子はいかなる感情を表明することもなく、人類も宇宙も存在しなかった頃の世界を体現するような無の表情で私ににじり寄ってくると、しゃがんでいた私の額を人差し指でとん

とんとんと三度叩いた。

「父さんは僕に名を与えたくなかったのか、名前を与えるのが怖かったのか。名づけを託すことによって思いを繋いだのか、あるいは選択を放棄してしまったのか。自らの信念を貫くために奔走し続けたのか、意味もなく意固地になって考えることを諦めてしまったのか。いずれにしてもだよ、父さん。ご覧の通り今の僕は何者でもないまま、ただのパンダになってしまった」

「待て、待つんだ息子よ!」

「GAME OVER.」

爆《は》ぜるようにこじ開けられた玄関から雪崩《なだれ》のようにマスコミが飛び込んでくると、息子は持っていたトカレフで私の頭をめがけて引き金をずどん——ぎやぁぁぁぁあ。


バイブレーションに起こされた私は、愛車の運転席で涙をこぼしていた。雲取山から帰ろうと駐車場に止めていた車に乗り込んだところで静止していた今日の日付は、我が息子が誕生した翌日であった。

一度帰宅し身なりを整えた私は、じんじんと鈍痛のように疼《うず》く申し訳なさを抱えたまま病院へと戻り、妻の体調を確認してから新生児室へと向かうと、しばし力のない眼差しで我が子を眺めた。入室は厳禁だと言われたので窓越しに観察することしかできないものの、そこには間違いなく愛おしさの塊ともいうべき光の結晶があった。そんな君の人生を少しでもよくしてやりたいと願っているのに、そんな君のためにせめて私にできることをやってやりたいと思っているのに、どうして私は斯《か》くも至らないと考えているうちに悔しさが奥歯をがたがたと揺らし始める。

貴司も汐櫂も凱亜も無名も選ぶべきではないとわかったが、だとするならば一体いかなる名前を捻り出せばいい。これという正解の名前を導き出すことができれば我が子にこれ以上ない贈り物ができる一方、一つ間違えてしまえば希望に満ちた人生を粉みじんにできてしまうのが名づけであると気づいた今、私は燃料も武器もない戦闘機に乗せられた哀れな遭難者であった。どうして神は私に名づけの才能を与えてくれなかったのだろう。どうしてこんなにも難しい役目が一介の凡人である私なんぞに回ってきてしまったのであろう。私は決して法螺《ほら》を吹くわけではなく、寿命三十年を失う代わりに息子に完全なる名前を与えることができるならば喜んで差し出す覚悟ができていた。

おぬしその言葉、本当であるな。私の心の声を聞きつけたのか、突如として天から謎の囁《ささや》きが降り注ぐやいなや、目の前には悪魔の化身とおぼしき醜悪な妖怪が現れ今すぐに魂の取り引きをしようと持ちかけてくれるはずもなく、私は月曜日から再び慎重であることだけが取り柄のしがないライフパートナーとしての日々に戻ることとなる。新たな名前はどうするのかはもとより、いつ考えるのか、どのような方針で考えるのか、あるいは諦めて妻に命名権を譲渡してしまうのかといったすべてを決めることができず、私はとにもかくにもあらゆる決断から逃げるように面談ブースへと向かっていた。恥ずかしく情けなく、そして公衆トイレの隅を這《は》いずり回るゴミ虫よりも惨めな私は、とんでもなく困憊《こんぱい》しきっていた。

ひと組目の面談相手として現れた四十代の男性は、都内にある小さな玩具メーカーで開発担当をしているというおもちゃ職人であった。変わった職業ですねと恒例のアイスブレイクから面談を開始し、仕事の詳細を尋ねているうちに私はいつしか積み木で遊ぶ我が子の姿をイメージし始めていた。新しいおもちゃのアイデアを考えるのは至極大変でしょうと世間話のつもりで尋ねると、ええまあそれなりにと照れくさそうに答えた氏の表情にプロフェッショナルの謙遜を感じた私は、これは無様な私に授けられた最後のチャンスなのではないかと身勝手にも神の慈悲を感じる。

この人なら、わかるのではないか。

日々クリエイティブな業務に携わっている人間であるなら、私なぞでは思いもつかない画期的な方法で良質なアイデアを量産できるに違いない。その方策やアイデアの源泉を少しでも知ることができればと私は何気ないふうを装って、しかしその実、医師に病名を聞くような余裕のない心地でよきアイデアを思いつくのはどんなときなのですかと尋ねてみる。私はこれに賭けていた。これだけが私が助かるために用意された唯一の手綱であり、これを逃せばもはや死しか残されていないのだと妄信していた。だから仮によきアイデアを生むためにはやっぱり覚醒剤を打つに限りますよと言われたとしても、特殊詐欺の出し子をやってみるとすんなり思いつくんですよと言われたとしても、私はそれを愚直に実行する気でいた。さあ果たしてどんな突拍子もないテクニックが開陳されるのだろうと生唾を呑み込んだ私に対して氏は恥ずかしそうに頬にえくぼを浮かべ、

「思いつかないですよ、まったく」

「へっ？」

「全然思いつかないんですよ。『これだ！』なんて閃《ひらめ》いたこと一度もないです」

てへへと悪戯《いたずら》がばれてしまった小僧のように頭を掻くと、それでもねと氏は私の目をまっすぐに

見つめた。

「考えるしかないんです。で結局、こんなんでいいのかなぁなんて悩みながら、納得いかないアイデアを根気よく提出し続けるんです。それがうまくいったりいかなかったりの連続です。一番よくないのは、何も生み出さないことですから」

切らしている黒のリンツの代わりに赤のリンツを手渡すと、氏は初めて食べたけど甘くて美味しいですねと大ぶりの笑みを浮かべ、そのままスムーズに契約書に判を押した。

氏の次に現れたのは、先日私がその名を褒めに褒め称《たた》えた高橋晟陽さんで、私は彼女に対して前回の延長とも言うべく保険の話を展開しようとしていたのだが、彼女は浮かない表情で悲しい事実を語り始めた。

「ちょうど三日前、主人が事故を起こしてしまいまして」

幸いにして命に別状はないものの、晟陽さんのご主人は自転車に乗っていた際に自動車と衝突し、足の骨を折って現在入院中。前回の来店の際に保険に入っていれば多少は金銭が受けとれたんですよねと口惜しそうに語れば私も申し訳ない気持ちになって頭を下げるのだが、伊藤さんは悪くないですよと逆に慰められてしまう。口では割り切っているようなことを語っていた晟陽さんであったがしかし心の根の部分では偽りようのない後悔の念があるようで、私はやっぱり再度頭を下げてすみませんでしたと、決定を先延ばしにして申し訳ございませんでしたと、私の優柔不断が招いた悲劇ですと、我ながら何について謝っているのか錯覚してしまいそうな言葉をいくつも連ねた。晟陽さんはありがとうございますと言うと私の手元にあった赤のリンツを控えめに指差し、ぜひとも一粒いただけませんかと疲れたように笑った。

「この間の黒のやつより、赤のほうが好きなんです。もらっちゃっていいですか?」

どことなく寂しそうな表情で頬張れば、晟陽さんはくよくよしても仕方ないですよねと空元気で腕まくりをし、今からでも今後に備えますと言って生命保険への加入を決意した。

その日の面談予定をすべて終えて事務所へと戻った私は上司に成果を報告するより資料をまとめるよりリンツを買ってくれた支援のスタッフに礼を言うより先に、なぜだか先日決起集会を行った居酒屋の評判を確認したくなった。検索エンジンに店名を入力すればずらりと表示されるのはやはり絶賛一色で、どのサイトのどのレビューを見てもどの写真を見ても、あのときこの店を予約してしまった自身の判断に過ちはなかったと擁護したくなってくる。

その瞬間であった——のだろうと、私は思う。知恵の輪がぱきりと外れるようにというよりは、腑に落ちないなぞなぞの答えを教えてもらったときのように、はぁまぁそうなのか、そう言われてみれば、まあそうなのかと、にゅるにゅると一つの真理へと到達しているようなしていないような奇妙な心地で、やっぱりきっと到達したのだと思う。

私はその日の夜、病室の妻のもとへと顔を出すと敢《あ》えて彼女の隣で息子の名前を考えることに決め、国語辞典も漢和辞典も用いずに、ブラックコーヒーにもエナジードリンクにも頼らず、大地や天空との一体感を求めることもせず、ひたすらに及第点とおぼしき中途半端なアイデアを積み重ね続けた。そして最後の最後まで、これだと体に電流が走るような超常的な体験を経ないまま、最も相応しいとおぼしき名前へと、消去法的に辿り着く。

これでいこうと決意した私はついに――

「――忠信《ただのぶ》ですっ」

命名書をダイニングテーブルの上にこつんと置いた私の頬は、きっと恥じらいで赤く染まっていた。それでもこれまでで最も自信のないこの名前こそが最も自信のある名前であるのだと、自分でも何を言っているのかよくわからない確信で目元を努めて厳しく整える。

義父はふむと頷くと当然の道理として、して由来はと解説を求めてきたので、私はおそらくはぽかんとされるであろうことを覚悟した上で、一足飛びで結論まで大胆な走り幅跳びをかましてしまう。

「ずばり、豆電球が語源です」

案の定ぽかんとされたので私はすぐさまこの名に至った経緯、すなわち私が息子に名を与えねばならぬことになったあの日から今日までの物語をダイジェストにして語り出す。当初は名前なぞ所詮名前なのだよと甘い考えを抱いていた私であったが、いつしか名前というものが私なぞの手には大いに余る怪物であることに気づいてしまった。これは鼻歌交じりで決めていいそれではなく、息子の一生を左右する分水嶺《ぶんすいれい》であるのだと重い十字架を背負ったそのときから、最良にして最高、言うなれば完全なる命名を果たさねばなるまいとひたすらに奔走することとなったが、愚かであった私はひたすら壮大な勘違いをしていた。

「電流が走るような衝撃に、頼り切っていたのです」

実際に体中に稲妻が走るような衝撃とはいかないまでも、名案を思いつく際にはいつだって頭の横にぴょこりと電球が飛び出るようなイメージを、我々は共通して持っているはずであった。そうだこれだこれだったのだと、この世のすべての問いに対して、これという正解を見定めたときは相応の衝撃があるのだと信じて疑わなかった。しかしそうではないのかもしれないということを、私は日常の些細な出来事の積み重ねからようやく理解すると、とうとう欠伸《あくび》が出るほどつまらない真理に辿り着いてしまう。何かを思いつく際にそうそう電球など現れず、よしんば電球めいた手応えを実感したところでそれが正解である保証などどこにもない。そしてこんなもんなのかな、これでいいのかな、違うような気もするけどまあこれでいいことにしようかと悲観的に選んだそれが、ところがどっこい正解であるということも往々にしてあるのがこの世界のむず痒《がゆ》いほどにしっくりとこない実際である、と。

つまり我々の人生に別段、ぴかりと強烈に輝く電球が現れる瞬間など必要ない。必要なのは大いなる閃光ではなく、じんわりと小さく点灯する、豆電球レベルの衝撃の積み重ねに違いないのだ。これすなわち人生の極意なり、見破ったり見破ったりという手応えはやっぱりないのだが、きっと電球より豆電球をこそ愛すべきなのだろうというのが、私が葛藤の中で導き出した結論であった。というわけで我が息子の名前は伊藤豆電球にしようという考えも過《よぎ》らなかったと言えば嘘になるが、頭を冷やした私は「豆」という文字から勤勉の意である「忠実《まめ》」という言葉を連想し、ここにさらに、いかなる運命が訪れようとも私はきっと息子を信じ続ける、あるいは私は私の選択をひたすら

「忠信《ただしん》じ続けるという思いを乗せ、この名前を我が子に授けたいと決断いたしました」

私が言い切った瞬間、義父はお見事、おぬしは見事に正解を引き当てたぞと笑うわけではなく、やっぱり、まあそんなものかなといった曖昧な笑顔で拍手を送り、義母ももう少し若々しい感じにするかと思ったけど、これもまあね、と掠《かす》れた拍手を重ねる。肝心の妻はというと私が書いた下手な命名書を、横山大観《よこやまたいかん》の掛け軸でも見るようにきらきらした瞳で見つめた末にありがたがると、我が子をそっと抱きしめてにっこりと微笑んだ。

「こんにちは忠信くん、素敵な名前をもらえたね。あだ名は『たっちゃん』かな？」

余談ではあるが、忠信という名がこれまでのどの候補よりも画数がよかったというのも決め手の一つであった。天格、人格、地格、外格、総格、すべてにおいてこれほどまでに高い点を出せる名前はついに見つけることができず、優柔不断な私の背中をそっと押してくれた。言うまでもなくこれならば安心であると確信できたわけではないが、しかし人間最後は神頼みである。

役所に「忠信」と記した出生届を提出し、これでもう後戻りはできないぞと肩をいからせながらタクシーに乗り込む。

我が子がどんな人生を歩むのかは当然わからず、忠信という名前がよき看板になるのか悪しき枷《かせ》となるのかも今はわからない。しかしそれでも、名づけるということは決断するということであり、決断するということは責任を負うということであり、それはとりもなおさず子供を愛するということを意味していた。今は息子の明るい未来をただ信じ、そしてもしも危機が迫りそうなときは我が身を挺してでもきっと守ってやろうと考えたそのとき、私は住民票に示された我が子の名前が、何と、何ということであろう。

かの有名な大手総合商社の名前と驚くほどの相似形を描いていることに気づいて——ぎゃぁぁぁぁあ。

と、バイブレーションはもう私を救ってくれない。

これでいいのだからこれでいい。

数日後には私の両親が初孫の顔を拝もうと川越に顔を出してくれたので、義父母もまじえて近くの神社へと向かい、鳥居を前にして七人で写真を撮ることになる。思えば私の両親もまた私に名を授けてくれたのだと当たり前のことを考えているうちに三脚に立てられたオリンパスのオートシャッターがパシャリと切られ、忠信はおぎゃおぉぉんと人生のスターターピストルが鳴ったことに気づいたように天まで届かんばかりの大声で泣いた。

私は祈る。立派に育て忠信。

そして絶対に不祥事は起こしてくれるなよ、伊藤忠《いとうちゅう》商事、と。

*

**初出**

**「そうだ、デスゲームを作ろう」**
ジャーロ83号（2022年7月）

**「行列のできるクロワッサン」**
ジャーロ89号（2023年7月）

**「花嫁がもどらない」**
ジャーロ87号（2023年3月）

**「ファーストが裏切った」**
ジャーロ85号（2022年11月）

**「完全なる命名」**
ジャーロ93号（2024年3月）



*

＊

浅倉秋成（あさくら・あきなり）

1989年生まれ。2012年に『ノワール・レヴナント』で第13回講談社BOX新人賞Powersを受賞し、デビュー。2019年に刊行した『教室が、ひとりになるまで』が第20回本格ミステリ大賞、第73回日本推理作家協会賞の候補となる。さらに、2021年に刊行した『六人の嘘つきな大学生』が年末の各種ミステリーランキングや本屋大賞にランクインするなど大ブレイク。その後も『俺ではない炎上』『家族解散まで千キロメートル』などヒット作多数。また、コミック『ショーハショーテン！』（漫画：小畑健）の原作も担当。

＊

まず良識《りょうしき》をみじん切《ぎ》りにします

2024年10月30日　初版1刷発行

著者　浅倉秋成《あさくらあきなり》

発行者　三宅貴久
発行所　株式会社 光文社
〒112-8011 東京都文京区音羽1-16-6
電話　編集部　03-5395-8254
書籍販売部　03-5395-8116
制作部　03-5395-8125
URL　光文社 https://www.kobunsha.com/

組版　萩原印刷
印刷所　萩原印刷
製本所　ナショナル製本


ISBN978-4-334-10431-3

☞ **First, mince your common sense finely.**